竹山広

Takeyama Hiroshi

島内景二

コレクション日本歌人選074
Collected Works of Japanese Poets

笠間書院

『竹山広』目次

凡　例

一、本書には、竹山広の歌五十首を載せた。

一、本書は、長崎で被爆した体験を基に、長崎から戦後の日本と世界を見つめ続けた竹山広に関する、初めての作品鑑賞の単行本である。その人生をたどること、その祈りを知ること、その文学性を明らかにすることに重点をおいた。

一、本書は、次の項目からなる。「作品本文」「出典」「鑑賞」「脚注（追記）」「歌人略伝」「年譜」「筆者解説」「読書案内」。

一、テキスト本文は主として『定本　竹山広全歌集』に拠った。本文に打たれていないルビは、左側に現代かなづかいのカタカナで振った。

一、鑑賞は、一首につき見開き二ページを当てた。

竹山広

01

千々石《チヂワ》ミゲルその名捨て去りたるのちの痕跡ことごとく滅びたり

【出典】『千日千夜』。

【追記】

村木嵐に、千々石ミゲルを再評価した小説『マルガリータ』がある。この小説を読んだ伊藤一彦は、「棄教者と敢へてなりたる千々石ミゲル愛して生きし妻の珠（マルガリータ）なり」と歌った（『土と人と星』）。竹山が生きていれば、この小説をどういう思いで読んだだろうか。伊藤一彦は、交響詩曲「伊東マンショ」の作詞者でもある。

竹山広の家系については、奥田亡羊が関係者に聞き取り調査をしてい

隠れ切支丹の血

竹山広は、大正九年（一九二〇）二月二十九日の閏日《うるうび》に、長崎県北松浦郡南田平村《たびら》（現在の平戸市田平町）で生まれた。田平は、平戸島ではなく、本土の松浦半島の西北端に位置する。

竹山の先祖は、長崎県西彼杵郡《にしそのぎ》黒崎村（外海町《そとめ》を経て、現在は長崎市）で、キリスト教を奉じていたが、祖父の代に田平に移住した。竹山の家は、田平（瀬戸山）天主堂のすぐそばだったと言う。旧黒崎村の近くには、現在、遠藤周作文学館が建っている。名作『沈黙』の舞台である。遠藤周作文学館には、「人間が　こ

んなに　哀しいのに　主よ　海があまりに　碧いのです」と記された碑がある。確かに、海は哀しいまでに碧い。若き司祭ロドリゴの棄教が、テーマである。

千々石《ちぢわ》ミゲル（一五七〇年生まれ）は、少年ばかりで構成された「天正遣欧使節」の四人の正使の一人。帰国後に、なぜか棄教した。その晩年の詳細は、知られない。

竹山広の洗礼名は、パウロ。長崎公教神学校（現在の長崎カトリック神学院）に入学したが、神父への道を断念し、退学した。私立海星中学を卒業した後に、社会人として働き始めた。

「千々石ミゲル／その名捨て去り／たるのちの／痕跡ことごとく滅びたり」。「捨て去りたる」と「ことごとく」の二箇所で、「語割《ごわ》れ・句《く》またがり」を起こしている。言葉のひずみと断層が、人間の弱さと無惨さを象徴的に物語っている。

棄教者千々石員紀《かずのり》は、大天使ミカエルに因む洗礼名「ミゲル」を捨てた。その痛みと、棄教後の過酷な辛苦を思う竹山の心は罅《ひび》割《わ》れ、そこから血が流れ出ている。

る。広の父の長吉は牛の仲買人で、一九五二年に七十七歳で没。母のスミは、一九五六年に七十七歳で没。

広は、四男三女の末っ子だった。長兄の愛吉は、田平天主堂も作った著名な教会建築家である鉄川与助の弟子に当たる大工。次兄の佐十も、三兄の鹿市も大工だった。竹山広の短歌は、記憶のかけらを一首として構成したもので、その構築力は、兄弟が大工だったことと関連するのかもしれない。

次姉のスナ（戦前に死亡していたらしい）の夫である浦川きよしという人物が、『とこしへの川』では、一貫して「兄」と呼ばれるキー・パーソンである。一九四五年八月九日に被爆。八月十五日の終戦の日に、死亡した。

広は、妻の妙子（昭和三年、福岡県生まれ）との間に、三男一女に恵まれた。長女ゆかりは、若くして自ら命を絶ち、竹山夫婦を深く悲しませた。三人の男児には、信仰心を象徴する美しい漢字一字が、付けられている。

02

停《トマ》りたるものと思ひしトラックが後退《アトズサ》りきてわれはおどろく

戦争の不条理を捕えきれず

この歌は、戦前・戦中期の竹山の習作であるが、後年の「竹山節《ぶし》」の萌芽が、早くも見受けられる。それは、人間社会の不条理を発見する鋭い目であり、ういういしさを装った不逞《ふてい》さである。

・夕闇の中より出でてきし男わが表札をのぞきてゆけり

・左のみ靴を鳴らして近づきし男はつひにわれを見ざりき

竹山広は石川啄木に憧れて短歌を作り始めたというが、これらの歌には啄木に通じるものがある。

また、竹山の初期短歌には、ホラーなのかユーモアなのか、区

【出典】 佐藤通雅個人誌『路上』九十二号（二〇〇二年五月）の「竹山広初期作品　一九四一（昭和16）年〜一九四五（昭和20）年」。この号に発表された佐藤通雅の「竹山広『とこしへの川』論」も力作。佐藤は、竹山の顕彰に努めた功労者の一人である。

岩手県出身の佐藤には、優れた宮沢賢治論もある。東北の宮沢賢治と、九州の竹山広とを二重焦点とする楕円的な近代詩歌論が可能であると、私には思われる。

【追記】

別のつかない不思議な感覚が漂っている。恐怖と笑いが一つに融け合つた感情は、内田百閒《ひゃっけん》の世界にも通じているように思われる。苦笑と紙一重の不気味さ。この時、竹山は太平洋戦争の真っ直中を生きる青年だった。

佐佐木治綱《はるつな》（信綱の子で、幸綱《ゆきつな》の父）の短歌誌『鶯《うぐいす》』に所属し、同人たちの戦争詠を舌鋒鋭く批評していた。「一首全体から受ける感じは滑稽以外の何物でもない」、「単なる揶揄《やゆ》か皮肉に終つてゐる」、「実感となり切つて居《を》らず」、「自己陶酔に堕して」、「掛声だけである」、「型にはまり込んでゐて」、「ひどく通俗で」、「今少し自己を打出して欲しかつた」、などなど。

ここには、佐藤佐太郎（一九〇九年生まれ）を秘かなライバルと意識しつつ、表現者として歩もうとする青年歌人・竹山広の気概がある。だが、いかんせん。まだ、自分の作品が意欲に追いつかなかった。「掛声だけ」の状態だった。竹山には、まだ戦争の不条理が「観照」できていなかった。

・鬼畜米英驕りてきたるいきほひを一撃にせむとああ思ふのみ

竹山の初期作品に、「塵あくた満載したる団平船（だんべいぶね）日の照る川をくだりてゆきぬ」、「くらぐらと河口の芥（あくた）おし上ぐる潮のうへを今日も帰りく」がある。

この「河口の芥」を、川に浮く死者たちに置き換えると、『とこしへの川』の地獄図が出現する。竹山には、「川」に惹かれる傾向があった。

馬場昭徳編集『場』二十七号（二〇一五年十月）には、佐藤通雅の「竹山広初期作品」に漏れた戦前の作品が、約二十首、紹介されている。

「二ヶ月にして蘇聯（ソ連）を征すと豪語するヒットラーの意気信念に燃ゆ」は、時局性を感じさせる。

ただし、初句四音の試みがあり、注目される。「見る見る地に近づきて落ちたりと見したまゆらに機首は上れり」、「いきなり視野をよぎりし騎馬のかげむら立つ埃にかくれて見えず」。ただし、竹山は戦後、「四七五七七」の音律を試みることはなかった。

03

身を薙《ナ》ぎて一瞬過ぎし光あり叫ばむとしてうち倒れゐき

幻の『とこしへの川』巻頭作

竹山の徴兵検査は「丙種合格」。一九四四年九月に応召したものの、病弱のため、即日帰郷を命じられた。一九四五年、結核で浦上第一病院（現在の聖フランシスコ病院）に入院。退院予定日の八月九日、午前十時に、病院まで迎えに来るはずの兄（正確には義兄）を待っていて、原子爆弾の投下時刻を迎えた。爆心地から一四〇〇メートルの至近距離だった。兄が時間通りに迎えに来ていたら、爆心地付近で被爆したはずで、竹山の命はなかった。

この被爆体験を、竹山は永く短歌に詠めなかった。兄を含む膨

【出典】『短歌風光』最終号（昭和三十三年十二月）。作品欄の巻頭に、一頁から五頁の二行目まで、竹山の短歌作品が印刷されている。この号は、国立国語研究所の林文庫（林大の旧蔵書）で閲覧した。栗原潔子の歌集『寂寥の眼』には、「林大氏壮行会の日、清澄庭園にて」という詞書の歌もある。

【追記】

『短歌風光』は、栗原潔子を中心とした『心の花』系統の結社である。真鍋美恵子、朝吹磯子、古川哲史などの名が見える。私が『玲瓏』で面識を得

大な死者たちを目撃した心の整理が付かなかったのである。原爆投下という不条理の「世界悪」に立ち向かう武器としての「言葉」が、簡単には見つからなかったのだ。一九五五年、栗原潔子《きよこ》の短歌誌『短歌風光』に入会した頃から、少しずつ歌い始めた。一九五八年十二月、『短歌風光』の終刊号に、作り溜めた原爆詠の四十五首を一挙に掲載した。

その巻頭作が、この「身を薙ぎて」である。竹山の第一歌集『とこしへの川』は、一九八一年八月九日の刊行だった。被爆から、何と三十六年が経過していた。だが、何としたことか、その巻頭作は、この歌ではなかった。この歌は歌集に収録されず、以後のどの歌集にも見られない。すなわち、『定本　竹山広全歌集』にも未収録のまま、断腸の思いで捨てられた一首である。

この歌は、一度は連作の巻頭に飾られながら、なぜ、歌集では削除されたのだろうか。不思議なことである。ちなみに、次の歌も『短歌風光』の三首目に位置しながら、削除されている。

・まがふなきわれは生身ぞ崩れうつ音しづまりし闇に息吐く

た小金井純子（森鷗外の妹・小金井喜美子の孫）も、参加していた。純子の母の素子も、潔子と親しかった。

ところで、『短歌風光』最終号で連作一首目に置かれた「身を薙ぎて」の歌は、本文にも書いたように、第一歌集『とこしへの川』では削られた。原子爆弾の俗称を「ピカドン」と言うが、閃光が走った後で、衝撃音が響いたと言う。だから、「一瞬過ぎし光あり」とあるのは、正確な写生である。

ただし、キリスト教を信じる者にとって、「光」は希望の象徴であり、世界悪のシンボルである原子爆弾に使いたくなかったのかもしれない。

連作三首目の「まがふなき」の歌も、切り出されてしまった。「生身」（いきみ）の用例は、『平家物語』にもあるが、生々しい語感が避けられたのだろうか。『定本　竹山広全歌集』には、単行本に収録された短歌作品のみを載せているので、今後、歌集未収録短歌を集成する必要があると思う。

04

なにものの重みつくばひし背にささへ塞《フサ》がれし息必死に吸ひぬ

【出典】『とこしへの川』。

歌集『とこしへの川』の巻頭作

第一歌集『とこしへの川』の冒頭は、「海に向く日日」。その最初の節は、「悶絶の街」。原爆投下直後の「長崎」という街の悲惨を歌っている。詞書を、歌集の改行通りに示しておこう。

昭和二十年八月九日、長崎市、浦上第一病院
に入院中、一四〇〇メートルを隔てた松山町
上空にて原子爆弾炸裂す。

この詞書は、雑誌『短歌風光』では、少しばかり違っていた。

昭和二十年八月九日長崎市浦上第一病院に入院中

【追記】

第一歌集『とこしへの川』は、昭和五十六年八月九日の原爆忌に刊行された。雁書館発行。四百九十五首を収録。装幀は、『心の花』の歌人で、長崎出身の小紋潤（こもん・じゅん）。

私は、『とこしへの川』を、竹山の弟子である馬場昭徳に借用して見せてもらった。その後、伊藤一彦から「自分は二冊持っているので」と、貴重な一冊を頂戴した。今、『とこしへの川』は、私の書斎のガラス書棚に、塚本邦

原子爆弾を浴ぶ

「浴ぶ」は受動であり、「炸裂す」は能動形である。あの日あの時、純粋な世界悪が長崎の上空で炸裂したのだ。

『とこしへの川』は、それから三十六年後の刊行だった。この歌集の生命力は、「記憶のリアリティ」にある。近代短歌を創始した正岡子規は、「写生」理論を唱えた。それに猛反発した前衛短歌の塚本邦雄は「反写実」を唱えたが、「魂のレアリスム」を納得させるだけの情熱と技法があった。竹山広は、塚本邦雄と同じ年の生まれ。二人とも、「語割れ・句またがり」を武器として、醜悪な世界に反撃し、一矢なりとも報いようとした。

竹山は「記憶」のリアリティに賭けた。あの日、自分が見たこと、感じたことを、死ぬまで忘れるものか。忘れられるものか。この時、現代短歌は、アララギとも前衛短歌とも異なる「第三の道」を見出した。「なにものの重み」は、「死と生の重荷」である。そして、空気の塊を口に押し込まれたような、息苦しさ。その記憶が、この歌では強烈なリアリティと共に歌われている。

雄『水葬物語』と並んでおり、日夜、私を励ましてくれる。

『定本　竹山広全歌集』は研究と批評に便利であり、竹山を論じる際には必須の基本文献だが、竹山が世に問うた十冊の歌集を、単行本で手に取ると、竹山の思いが、ひしひしと伝わってくるように感じられる。

『とこしへの川』の外函（そとばこ）には、池だろうか、川だろうか、植物に囲まれた水辺の写真が印刷されている。喪の色である黒のトーンの中に、光を浴びた水面の輝きが無数に白く浮かんでいる。「とこしへの川」に浮かんだ無数の死者たちの魂を象徴しているかのようである。

函の中の歌集本体は、紫（臙脂）の布装。キリスト教では「懺悔」や「悔い」の色である。歌集扉には、祈りのために合わされた手のデッサン。

「鎮魂」と「祈り」。歌集『とこしへの川』のモチーフを汲み取った小紋潤の名装幀である。

05

這伏《はふふく》の四肢ひらき打つ裸身あり踏みまたがむとすれば喚《ワメ》きつ

【出典】『とこしへの川』。なお、単行本の第一歌集の段階では、「這伏」と「倒伏」のいずれにも、ルビは付けられていない。

人間を這《は》いつくばわせる世界悪

短歌雑誌『短歌風光』の段階では、「這《は》ひ伏《ふ》して地をかきむしる裸身あり踏みまたがむとすれば喚きつ」だった。「這伏」の「はふふく」というルビは、『竹山広全歌集』（二〇〇一年）の段階で振られた。何度も推敲を重ね、「記憶のリアリティ」を追い求めてきた最終形態が、この歌の表現であり、ルビである。

けれども、あえて言う。「這伏」を「はふふく」（ホウフク）と読ませるのは無理である。「這伏」という日本語は、辞書に載っていない。また、「這」が訓読みで、「伏」が音読みというのも、

【追記】

『短歌風光』の「這ひ伏して地をかきむしる」という初案が推敲されて、『とこしへの川』では「這伏の四肢ひらき打つ」となったことは、本文で述べた通りである。

「四肢」と言えば、『残響』に、「ビルの翳（かげ）するどき路上四肢ひらきたる人形(ひとがた)をひとは画(か)

落ち着かない。だが、竹山は無理を百も承知のうえで、日本語と短歌をねじ曲げた。なぜならば、原爆投下直後の竹山は、記憶の中で「這伏」していたのであり、意識の戻った彼の目には「這伏」の姿勢を強制された人々が見えたからである。それが、被爆五十六年後の「記憶のリアリティ」だった。

また、二句目の「地をかきむしる」という初案は、実際の光景がそうだったのだろう。だが、記憶のリアリティを突き詰めた竹山は、「四肢ひらき打つ」と推敲し、表現を改めた。「かきむしる」は両手だけ。「四肢ひらきうつ」は両手と両足が、すなわち全身が悶絶している。

・倒伏《たうふく》の校舎につづく長き坂霧に朝日のさし透りつつ

この「倒伏」のルビには、違和感がない。「這伏の四肢」という歌を傍らに置けば、校舎が倒れ伏し、ひれ伏し、つくばい、悶え苦しんでいるという擬人法なのだということが理解できる。

命ある者も、命なき物も、人間の営みは一瞬にして、原子爆弾一発によってねじ曲げられ、屈服させられたのだった。

きにき」という歌があり、ここに「四肢ひらきたる」という表現が使われている。実際よりも大きく拡大された人の影が、被爆して悶絶するしぐさである「四肢ひらく」さまを、偶然にも再現したのだ。

「ビルの翳／するどき路上／四肢ひらき／たる人形を／ひとは画きにき」という、「語割れ・句またがり」は、日本語を不自然にひずませている。異形の影の姿に対して、竹山が抱いた違和感が、韻律の屈折となって表現されている。

「四肢ひらく」の逆の動作が、「四肢折り伏す」である。

「火を逃れきし少年のまはだかの四肢折り伏ししかの臨終（いまは）はや」（『葉桜の丘』）。苦悶のあまり、人間の四肢が開いたり、折り伏したりする。

いかんともしがたい圧力で、人間を押しつぶす運命の非常さ、酷薄さを、「伏」という漢字が象徴している。竹山短歌のキーワードの一つである。

06

傷軽きを頼られてこころ慄《フル》ふのみ松山燃ゆ山里燃ゆ浦上天主堂燃ゆ

【出典】『とこしへの川』。

【追記】

『一脚の椅子』に、「火の上の浅蜊（あさり）はいまだ生きゐむと思ふくるしき夢を終りつ」という歌がある。

生きながらにして火をかけられ、焼かれる浅蜊たちは、原爆の猛火で生きながら焼かれた長崎の人々なのだ。その叫びと匂いを、竹山は夢に聞き、かつ、夢に嗅いで、うなされ続けた。

竹山は、爆心地から一四〇〇メートルの地点で被爆しながら、奇蹟的にも軽傷で済んだ。被爆直後、ものすごく

燃えさかる火の中の悪魔

蠟燭の炎は、消える直前に大きく燃え上がるという。人間の世界は、昭和二十年八月九日午前十一時二分、一瞬、大きく膨張し、巨大な炎に包まれ、一挙に崩れ落ちた。その惨劇が、この歌の極端な「字余り」を生み出した。

「傷軽きを／頼られてこころ」は、「六八」の字余り。下句の「松山燃ゆ山里燃ゆ／浦上天主堂燃ゆ」は、「十二・十一」と極端に膨張している。松山町は爆心地。山里町も浦上天主堂も、爆心地のすぐ近くである。

爆心地から燃え上がった炎は、天を焦がした。長崎の市街の上を跳梁跋扈《ちょうりょうばっこ》した「世界悪」という名の魔物は、やがて稲佐山にも燃え広がった。『短歌風光』の時点では存在しなかった一首が、『とこしへの川』の中に組み入れられている。

・稲佐山に燃え移りたる夜の炎街街の火を抽《ぬ》きて熾りぬ

竹山が入院していた浦上第一病院は、爆心地の東方、稲佐山は西方である。「街街の火」を燃やし尽くした火が、稲佐山にまで燃え広がった。山腹から、さらに天高く、炎が燃え上がる。長崎市全体が、燃え崩れた。「熾」は火勢がさかんである意。

熾天使《してんし》は、神への愛で熾《さか》んに燃えているというが、蛇の姿ともされ、堕天使で悪魔のルシファーも、元は熾天使だった。原子爆弾は、悪魔の所業だった。この悪魔を作ったのは、何と、人間の文明である。短歌定型の枠を大きくはみ出した竹山は、短歌という容器の中に、必死にルシファーを封じ込め、渾身の憎悪でもって、ルシファーをたたきつぶそうとした。字余りの短歌は、竹山の世界悪との戦いの始まりなのだった。

熱かったことを鮮明に記憶していた。この熱さが、人々の血液や細胞を沸騰させたのだ。『とこしへの川』には、「血泡（ちあわ）噴きて土に身を捩（よ）ぢゐたりしが息絶えていまいとけなきほと」という歌がある。

「火の試練」と「水の試練」の二つが、原爆投下直後の竹山たちを襲った。「火の試練」は、倒壊した家々を燃やし尽くした炎。「水の試練」は、喉の渇きを癒やそうとして川に押し寄せた重傷者たちが水辺で折り重なっている姿。

原爆投下直後の病院の情景は、「逃げよ逃げよと声あららぐる主治医の前咳き入りざまに走り過ぎたり」と歌われている。『短歌風光』の初案では、二句目が「叱咤しつづくる」だった。

この「主治医」は、秋月辰一郎（一九一六〜二〇〇五）だと思われる。秋月は戦後は浦上第一病院の後身である聖フランシスコ病院の院長のかたわら、「長崎の証言の会」などの中心として、平和活動に尽力した。

07

パンツ一枚着しのみの兄よ炎天に火立《ホダ》ちひびきて燃え給ふなり

【出典】『とこしへの川』。

兄に献ぐる挽歌

退院予定の竹山を迎えに来る途中の兄（正確には、義兄）は、被爆して瀕死の状態で倒れていた。『とこしへの川』の詞書には、「翌十日夕刻、金比羅《こんぴら》山麓にて、上半身火傷の／兄に会ふ」とある。兄は、弟に見守られ、弟の汲んできてくれた水を存分に飲み、八月十五日に亡くなった。被爆翌日に竹山が巡り合った時には、意識はしっかりしていたが、数日後に急激に悪化したという。

短歌雑誌『短歌風光』に詠まれた兄への挽歌群の中で、単行本の『とこしへの川』では省かれた歌がある。

【追記】

01の「追記」で述べたように、『とこしへの川』の「兄」は、正確には「義兄」（姉の夫）である。

また、「鼻梁削がれし友もわが手に起きあがる街のほろびを見とどけむため」、「炎見る友に眼鏡をかしをりて闇ぼうぼうと燃え明るのみ」などと歌われている「友」は、浦上第一病院に勤務する若い女医だったという。

当時、長崎医科大学の学生だった川野正七の証言によれば、焼け跡に唯一

・爛れたる肉に触るを痛がりて腰の石片を兄は抜かせず
・わが手より水飲み足りて死にゆきし兄がいまはのよろこびあはれ
・送りきて靴裏熱き瓦礫の上咳をさまれば別れむとする

この三首は、竹山の後年の談話から考えると、事実そのものを歌っている。けれども、なぜか、歌集には収録されなかった。「わが手より」の歌は、特に痛切である。もしかしたら、兄だけに水を飲ませ、ほかの瀕死の人々には、飲ませてあげられなかったことに、竹山はその後、永く苦しみ続けたのかもしれない。

竹山が、彼らを見捨てたわけでは、まったくない。兄に「末期《まつご》の水」を飲ませてやりたい一心だった。それでも、一人の少女にだけは、竹山は水を分けてあげた。

・死の前の水わが手より飲みしこと飲ましめしことひとつかがやく

それにしても、「パンツ一枚」の歌は、斎藤茂吉「死に給ふ母」に匹敵する挽歌の秀作である。「火立《ほだ》ち」は古典和歌には用例がないが、北原白秋に用例がある。

残っている浦上第一病院に辿り着いたところ、「秋月先生も疲れきっていたし、看護婦さんも怪我をしたり、女医さんも動けなくなったり」していたという（講演「生死の境」）。

義兄を「兄」、女医を「友」と表現するのが、竹山が『とこしへの川』で確立した「記憶のリアリティ」の方法だった。

「兄」浦川きよしの長男・潤一は、竹山よりも先に身まかった。『遐年』には、潤一の死を悲しんだ追悼歌がある。「被爆死の父を語れとひとたびも言はざりし甥よ聞きたかりけむ」。

『とこしへの川』には、生前の潤一のことを、「原爆死と知るのみに父の記憶なきかなしみの酒わかたむと来し」、「父の骨はいづ処（こ）にいかに朽ちゐむと酔ひ果てて言ひふたたび言はず」とある。

潤一の父の遺骨が、今どこにあるかわからないのは、他の無数の遺体と共に、混葬されてしまったからである。

08

水のへに到り得し手をうち重ねいづれが先に死にし母と子

【出典】『とこしへの川』。

【追記】

時津町の竹山の歌碑には、説明文があり、「へに」の「へ」は漢字で書けば「辺」などと、懇切に書かれている。「へ」を、文字通りの「水の上」の意味で理解しようとする人も多いのだろう。「ウォーターフロント公園」にふさわしい撰歌である。

被爆した母子を詠んだ歌は、どれも凄絶である。「若き母なほ生きをりてその子ふたり一碗の粥奪ひあらそふ」(『とこしへの川』)。

聖母子像

平成二十七年八月、竹山が三十二年間を過ごした長崎県西彼杵郡時津町《とぎつちょう》のウォーターフロント公園に、この歌を刻んだ歌碑が建立された。

母と娘なのか、母と息子なのか、どちらとも取れる。広島と長崎の原爆の惨禍は、東京大空襲でも起きていた。堀田善衞《よしえ》は、東京大空襲の体験と、鴨長明『方丈記』との世界を重ね合わせ、『方丈記私記』を書いた。その『方丈記』には、養和の大飢饉についての記述がある。

又、いと哀れなる事も侍《はべ》りき。さりがたき妻《め》、夫《をとこ》、持ちたる者は、その思ひ、増《ま》さりて深き者、必ず先立ちて死ぬ。その故《ゆゑ》は、我が身は次にして、人を労《いたは》しく思ふ間《あひだ》に、稀々《まれまれ》得たる食物《くひもの》をも、かれに譲るによりてなり。されば、親子ある者は、定まれる事にて、親ぞ先立ちける。また、母の命尽《つ》きたるを知らずして、幼《いとけな》き子の、猶《なほ》、乳《ち》を吸ひつつ、臥《ふ》せるなどもありけり。

一九四五年の長崎で、喉が渇ききって水を飲みたいという一心で、水辺までたどりついた母子。私には、母親は子どもを思う一心から、先に我が子へ水を飲ませてあげたのではないか、そして、我が子の命が尽きるのを見届けてから、自分も水を飲んで死んでいったのではないか、と感じられる。

竹山の歌は、「いづれか」ではなく「いづれが」とある。「か」だと疑問だが、「が」だと主語を意味する格助詞である。けれども、「いづれが先」に死んだのかは、竹山にはわかっていた。後から手を「うち重ね」た主語は、母親だったのではなかろうか。

この歌の若い母親には、意識があったのだろうか。意識があれば、猛烈な空腹感に苦しんだことだろう。けれども、子どもたちのために、自分の粥を残したのかもしれない。それを、二人の子どもが奪い合い、むさぼり食う。

「何ゆゑに無傷なる子の死ぬるかと怖れつつその母も死にたりき」(『残響』)。理由のない、いや、理由はあるのだろうが、まったく受け入れられない不条理な死を、この母と子は引き受けさせられた。

第五句は「母も死にたり」だと定型に収まるのにもかかわらず、あえて「母も死にたりき」と、八音の字余りにすることで、定型に収まりきれない散文的な死に方だったこと、そして、人々の死への恐怖が無限大に大きかったことが、強調される。「き」は、自分が直接に体験した過去を表す助動詞である。死んだのは竹山ではないが、竹山の目の前で人が死んだという直接性を、「き」は表している。

09

ふり返らざる神父にてその耳にわれの懺悔の罪もちて去る

【出典】『とこしへの川』。


【追記】

少なくとも、竹山の意識では、原爆直後に死と向かい合ったことと、結核の悪化で「終油の秘蹟」を受けるほどに死と接近したこととは、深く重なっていた。

『短歌研究』昭和三十四年六月号に、「ルルドの水」二十首が載ったのは、秘蹟を受けた四年後のことだった。この二十首は、その後も推敲が続けられ、『とこしへの川』に収録された。

『短歌研究』に掲載された連作の第

終油の秘蹟

戦後、竹山は郷里の田平町に戻った。結婚後も、結核は深刻化し、闘病生活が続いた。原子爆弾の被爆と、結核療養。竹山広は「文明の病」と「肉体の病」の双方と戦わなければならなかった。彼の戦後には、安逸な「平和」など存在しなかった。

昭和三十年には、病のため死を覚悟して、「終油《しゆうゆ》の秘蹟《ひせき》」を授かった。通常は、死の直前に授かるというが、竹山は少しでも意識のあるうちに授かりたかった。なぜならば、過去の罪を懺悔し、残された自分の命をすべて神に捧げることを約束し、自分の死後に生き残る妻や子を幸せにしてください、と神にお願いしたかったからである。昭和三十四年、『短歌研究』に「ルルドの水」二十首が掲載された。『とこしへの川』では、一首を削除し、一首を追加してある。

「ふり返らざる神父にて」の歌の前後は、次の歌である。

・妻に涙ぬぐはれながら胸の上組み合はす手に脈乱れうつ

（歌集編集の際に追加された歌）

・奇蹟呼ぶ信仰になほ遠くして胸にルルドの水はつめたし

「脈乱れうつ」と詠まれた心身の乱れが、「ふり返ら／ざる神父にて」という「語割れ・句またがり」となって、表現されている。ところが、「ルルドの水はつめたし」の歌では、水の冷たさが「奇蹟」をもたらしたかのように、読者に伝わってくる。

神父の「耳」が懺悔の罪を持ち去ったという比喩は、自己を客観化し、詩の高みに達している。『とこしへの川』編集の際に削られた「ルルドの水」の連作の一首は、妻を詠んだ、「洗禮の水受けて幼なかりしかなわがへに永き妻たらむため」である。

一首は、「高き空襞（ひだ）をつらねて暮るるとき息をつながむ喉（のど）ひらきをり」。歌集『とこしへの川』では、下の句が、「息をつづけむ口ひらきをり」と推敲された。

ここでは、『とこしへの川』の巻頭歌で、原爆詠の原点でもある、「なにものの重みつくばひし背にささへ塞がれし息必死に吸ひぬ」（04）とあることとの照応を見るべきだろう。息ができないほどの苦しみを、竹山は原爆と結核とで、繰り返し味わったのだ。

そして、『短歌研究』に掲載された「ルルドの水」の六首目は、「夜の壁におのれつくばふ影も見て熄（や）まざる咳の涙したたる」。

この「つくばふ」は、またもや『とこしへの川』の巻頭歌、「なにものの重みつくばひし背にささへ」と、意識の流れで繋がっている。

竹山広は、弱い人間を押しひしぐ「死」のすさまじい圧力を感じ、這いつくばう自分の無力さを痛感した。

10　夜に思ふこと愚かにて絶命ののちいつまでも垂りし鶏の血

【出典】『とこしへの川』。

命を奪う者

原子爆弾の投下で、凄惨な地獄絵を目《ま》の当たりに見た竹山は、戦後も死と隣り合わせの日々を生きた。東京オリンピックのあった昭和三十九年、長崎市に出て印刷店を開業するまで、家計を支えたのは郷里である田平での養鶏業だった。

たった一発の原子爆弾が、膨大な無辜《むこ》の民を殺戮する瞬間に、自分は立ち会った。その自分は、今や、気づいてみれば、何と、鶏の命を奪う立場になっているではないか。

この矛盾に直面した竹山の葛藤は、決して「愚か」なことでは

【追記】

西部劇の『アラモ』で、「皆殺しの歌」というメロディーが流れていた。

林桜園（はやし・おうえん、一七九八～一八七〇）は、熊本の神風連の乱に影響を与えた思想家だが、「水鳥の鴨部（かんべ）の神の霊（みたま）得て夷（えびす）がどもを皆殺してよ」という歌を残している。

伊予の今治には鴨部神社があって、越智益躬（おちの・ますみ）という人物を祀っている。益躬は、推古天皇の

ない。人間という存在の究極の意義を、深く思索しているのである。そのことを、散文ではなく短歌で歌おうとする。そこに、竹山広の「詩的な表現者」たらんとする強い思いがあった。

竹山の第七歌集『遐年《かねん》』（平成十六年）には、養鶏に携わっていた頃を回顧する歌がある。

・逆吊りにして鶏《とり》の血を垂らしたりきながき一生のあるときわれは

竹山の問いは、重くて深く、かつ苦しい。田平から長崎市内に出た後は、もはや鶏の命を奪うことはなくなった。けれども、人間である以上は、人類以外の生物の命を容赦なく奪うことから解放されることはない。

・木犀の嫩葉《ワカバ》にひそみゐる虫をみなごろしせむ薬液これは

・壜内に群れゐる蟻をみなごろしせよと言はれてしたりきわれは

この二首は、第二歌集『葉桜の丘』から取った。「みなごろし＝鏖殺《おうさつ》」を軽い口調で歌いながらも、その根には、自らの手で鶏を殺《あや》めた体験が、潜んでいる。

時代に、朝鮮半島から攻め込んできた「鉄人」を誅殺した、古代の武人である。伊予からは、蒙古を撃退した河野通有（こうの・みちあり）も出ている。

江戸時代後期から、全国で吹き荒れた国学と尊王攘夷の嵐は、異文化に対する許容力を欠き、敵対する立場の者を徹底的に「皆殺し」にしようとした。これが、近代の開幕だった。平安時代の『古今和歌集』や『源氏物語』が確立した、異文化と協調する「和の文化」は消滅してしまった。

戦争の時代である近代は、「皆殺し」と「皆殺し」が、正面から激突し、遂には一九四五年八月六日と九日の悲劇をもたらすことになった。

もう「皆殺し」は止めよう。誰もがそう思い、平和を願いながら、竹山は戦後も貧しさと戦うために、鶏たちの血を流さなくてはならなかった。

竹山の人生は、「戦い」を宿命づけられた近代人の矛盾と苦悩とを、一身に体現していた。

11

うち捨てし少年の眼をその声を忘れむことも願ひつつ来し

【出典】『とこしへの川』。

【追記】

『千日千夜』にも、戦後五十幾回目の八月九日午前十一時二分を詠んだ歌がある。

「逃げても逃げてもそこに居（を）りたりし少年にゆきて平伏（ひれふ）さむ時し近づく」。「時し」の「し」は、強め。

「八八五八七」の字余りである。原爆直後、自分が置き去りにした少年を思い出すと、いたたまれない思いになる。少年の御霊（みたま）に向かって

忘れてはならないこと

長崎市内に戻った竹山は、昭和二十年八月九日の原爆の記憶と、正面から向き合うことになった。

・乞ふ水を与へ得ざりしくやしさもああ遠し二十五年過ぎたり

古語の「くちをし」は、自分ではどうしようもなかった出来事を残念に思う気持ち。「くやし」は、自分に責任のあることを残念に思う気持ちを表す。この歌の「くやしさ」は、自分が水を与えなかったという、四半世紀前の不作為を、心に問うている。

自分は、あの時、水を飲みたいと言った少年に、水をあげなかっ

た。なぜなら、瀕死の兄に飲ませてあげたかったからである。そのことが、いまだに竹山の心を苦しめている。自分は、あの時、少年を「うち捨て」たのだ。

・この坂のここにこときれゆきたりしひとつの顔をのがれつづけつ

竹山はずっと、「少年の眼」と「ひとつの顔」から逃れ続けてきた。だが、どうしても逃れきれない。つまり、あのことは忘れてはならないことだったのだ。そう気づいた時に、竹山は「歌との邂逅」を果たした。

・手探りに書きとどめ置く歌ひとつ夜のひそかなるたまもののごと

戦後永く、竹山は原爆を歌おうとすると、その場景が必ず夢に出て来て苦しむので、短歌を作れなかったと告白している。自分が見捨てた者たちの「眼」が、竹山を苦しめたのだ。だが、竹山は歌人として立った。その覚悟が、『とこしへの川』の読者には、天からの「たまもの」のごとく伝わってくる。

ひれ伏し、這いつくばって謝罪しなければならない時刻が、今年もまた巡ってきた、というのである。

「居りたりし少年」という、やや窮屈な文語表現が、竹山が半世紀以上も怖れ続けた、得体の知れぬ不安を反映している。

ラフカディオ・ハーン『怪談』の「むじな」の話のように、竹山がどこまで逃げても、少年は追いついて、いや、先回りしていて、「その時の少年は、こんな顔だったのですか」と迫る。

竹山に、膨大な負傷者の全員を救うすべはなかった。だが、一人の少年の顔と姿を、具体的に記憶し続けている彼の「痛み」は、潔くて尊い。

「忘るべからざることごとも忘れつぎやうやくにわがしづまりゆかむ」ともある。ここも、「忘るべから／ざることごとも」と、激しい「語割れ」を起こしている。竹山が決して忘れてならないこと、永遠に消えぬ悔いと痛みに苦しんでいることを示している。

12

くろぐろと水満ち水にうち合へる死者満ちてわがとこしへの川

【出典】『とこしへの川』。

「とこしへの川」

この歌が、第一歌集『とこしへの川』のタイトルの由来である。聖書には「命の水」や「命の川」の比喩がある。竹山の「とこしへの川」は、「死の水」であり、「死の川」である。

ただし、竹山の目には、長崎の随所に、「とこしへの川」だけでなく、「とこしへの山」も、「とこしへの原」も、見えていたことだろう。被爆直後は、木々の青葉が焼け失せ、消え失せているので、星空が信じられないほどに美しかったという。だから、「とこしへの空」や「とこしへの星」も、あったことだろう。

【追記】

『千日千夜』には、被爆五十年目の節目の年に詠まれた歌がある。

「この川の水に重なりゐたる死者一日おもひ一年忘る」。毎年、八月九日の記念式典の日だけ、昭和二十年の八月九日を思い出すけれども、残りの日々は、一年間ずっと忘れたままだというのだ。だが、本当に忘れていたのなら、こうは歌わないだろう。

その証拠には、この次の歌が、激烈なまでの「語割れ・句またがり」を起

原爆投下直後の記憶に苦しむ竹山は、苦しみながら歌を詠み続ける。その戦慄は、戦後まもなくの養鶏の記憶とも関わる。

・悶絶の鶏きりきりと締めあぐる戦《をのの》きだにも身に還《かへ》り来《こ》よ

「悶絶」という言葉は、『とこしへの川』の巻頭の連作「悶絶の街」に見られた原爆の悲惨さを象徴する言葉である。原爆が長崎の街と、長崎の市民を悶絶させたように、自分はかつては鶏を悶絶させて生きてきた。

だが、この歌では、「身に還り来よ」と歌っている。屈原《くつげん》の『楚辞《そじ》』の「招魂」すら想起させる。「戦き」を竹山は欲している。その「戦き」こそが、竹山の原爆詠の核心である。

・色変りして亡骸《なきがら》に燃えうつりゆきし炎の言ふべくもなし

・人に語ることならねども混葬の火中にひらきゆきしてのひら

「言ふべくもなし」、「人に語ることならねども」と言いながら、竹山はあえて歌う。この「戦《おのの》きのリアリティ」を、短歌という器に盛ること。それが、竹山の新生につながる。ここが、戦後短歌の原点である。

こしている。「魂の叫びなりしとも分ちがたきまで置き去りにせし死者のはるけさ」。

この歌の音韻の切れ目に、「／」を入れてみよう。「魂の叫び／なりしとも分ち／がたきまで／置き去りにせし／死者のはるけさ」。

「七七五七七」の音律なのだが、心が余って、「八八五七七」の字余りとなっている。加えて、「語割れ・句またがり」で、竹山の心は、ずたずたの断片となった。

半世紀前のはるけき過去が、今も竹山の心を震えさせている。竹山の記憶の底から、言葉にならない「叫び」をぶつけてくるのは、原爆の犠牲者たちであり、彼らを救えなかった竹山の魂である。

なお、この12の、「くろぐろと水満ち水にうち合へる死者満ちてわがとこしへの川」という歌は、43で紹介するテレビ番組で、竹山が合計四度、震える声で、自作朗読している。

13　されば八月胸板うすくながらふる身辺の風がうがう《ゴウゴウ》とたつ

【出典】『葉桜の丘』。

「ながらふる」思想

ここから、第二歌集『葉桜の丘』に入る。竹山は満六十六歳。眼疾のため、印刷店を閉じる決心をした。満身創痍の竹山の病の原点は、結核だった。あの「八月」も、結核のため浦上第一病院に入院中、被爆したのだった。「胸板うすく」に、戦後の永い闘病生活と、貧しさゆえの不健康が暗示されている。

この歌のキーワードは、「ながらふる」である。どんなことがあっても、命ながらえること。それが、原爆を生きのび、戦後の結核の再発で「終油の秘蹟」を受けるほどに死を覚悟した竹山の「生

【追記】

第二歌集『葉桜の丘』は、昭和六十一年七月一日、雁書館発行。函入。三百五十七首を収録。装幀は、小紋潤。佐佐木幸綱が、帯文を寄せた。

「思わず、私は、襟を正し、居ずまいを正した。／浄き死をかならず死なむある夜の覚悟の如きものたちあがる／地を擦りて必中の核進むとぞながらへてかかるものに絶句す／このような歌を前にして、人間が人間らしく生／きることが、そして、その次元で作歌

への執念」だった。生きながらえば生きながらえるほど、病弱で貧しい竹山の苦しみは倍加する。自分はそれでよいから、妻子を幸福にしてほしいと、神と契約を交わしたのだ。

・余命三月と告げられしより三十年ながらへて熱き悔をかさねつ

『小倉百人一首』には、「ながらへばまたこの頃や偲《しの》ばれむ憂《う》しと見し世ぞ今は恋しき」（藤原清輔）という有名な歌がある。存《ながら》えるからこそ、当時は「憂し＝つらい」としか思えなかった昔のことが、恋しく偲ばれるのである。

だが、竹山は、「三十年ながらへて熱き悔をかさねつ」と歌っている。胸板は薄いけれども、悔いは厚くて、熱い。身辺の風は「がうがう」と騒がしい。自分がながらえることが、原子爆弾を投下させた世界悪に対して、一矢報いることになる。そして、「悔」を、言葉として歌うことが、世界悪に対する反撃となる。

生きながらえた自分が感じ続けた「悔」を、原爆を投下した側にも感じさせてやりたい。竹山は、満九十歳で亡くなるまで、その執念で歌い続けた。

に賭ける／ことが、いかに敬虔な魂の営みであるかを、あ／らためて知らされる思いがしたからである。／佐佐木幸綱」。この帯文に引用された竹山の二首は、赤字で印刷されており、葉桜の色をした外函に、よく映える。

さて、竹山の「ながらふる」思想である。『一脚の椅子』に、「死をのがれ来しこと天の意（こころ）にて白妙ひらく朝朝の沙羅」とある。

「天意」は、天の意志のこと。夏目漱石『それから』にも、「彼は三千代と自分との関係を、（中略）天意としか考え得られなかった」とあるので、キリスト教だけの観念ではない。

人知を超えた天の意志が働いていて、それが竹山を生かしたのだ。「終油の秘蹟」を受けた時、竹山は、「これからの自分の命のすべては天に献げますので、家族だけは幸福にしてください」と約束した。その思いに天が応え、竹山の命をながらえさせ、白い沙羅の花を毎朝見せてくれるのだ。

14　幾たびか思ひて声に出《イ》でむとす覚悟をなして汝《ナレ》は果てにき

【出典】『葉桜の丘』。

【追記】

竹山は、個人的な事情を親しい人にも語らなかったので、ゆかりの自死の詳しい事情は、わかっていない。

『定本　竹山広全歌集』を最後まで読むと、ゆかりは亡くなった時点で結婚しており、二人の子どもがいたようである。そして、その子どもたちも大きくなって結婚し、竹山に元気な顔を見せてくれている。読者も、救われた気になる。

竹山の妻・妙子は、本格的に短歌を

娘の死

『葉桜の丘』という歌集タイトルは、長女ゆかりの眠る墓地の葉桜に因んでいる。ゆかりは、病死ではなかった。「覚悟をなして」、娘は自ら死を選んだ。その衝撃で、竹山は精神安定剤が欠かせなくなり、娘の死を、五年近く歌えなかった。自分の幸福を犠牲にしてまで、妻子の幸福をと願った竹山の祈りは、叶わなかった。

何度も娘の死を思っては、夢でうなされかかったのだろう。被爆直後の長崎で、竹山は喉の渇いた少年たちを救えなかった。今度は、自分の娘の命まで、助けられなかった。この「悔」は、どう歌えばよいのか。

娘には、「覚悟」があった。ならば、娘の死を歌う側の歌人にも、それ以上の「覚悟」が必要だろう。死んだ娘から生ける父へと、「覚悟」が、今、伝達されようとしている。

原爆と闘病生活は、竹山に「死の前の平等」という真実を教えてくれた。ならば、世界から強いられた死と、自ら選んだ死とは、同じものなのか。

・子の墓にわがひといきに傾くる水筒の水声あげて出づ
・手をおきし子の墓の熱かりしこと語らず帰りきて泪出づ

（二首共に『残響』）

娘の墓の前で、竹山は涙をこらえた。だが水筒の水は、大声で泣きながらほとばしった。人間の無声慟哭と、水筒の水の声を上げての号泣とが対照的である。「手をおきし」の歌は、「子の墓の熱／かりしこと」の部分と、「語らず帰り／きて泪出づ」の部分とが「語割れ」である。竹山の魂がきしむ悲鳴と号泣が聞こえてくるような絶唱である。

作り始めた時期に、娘のゆかりを失った。

ゆかりの一周忌に詠まれた妙子の歌を、三首紹介する（『やまなみ』昭和五十四年八月号）。

「葛（くず）の花盛りなりきと聞くのみにはるかに遠し子の果てし山」、「地を覆（おほ）ひ子を押し伏せて這ふ葛の花むらくらきひとつまぼろし」、「かなしみにのみ在り経（へ）しといはねども花生けてけふ子の一周忌」。

「はるかに遠し子の果てし山」とあるので、ゆかりは、長崎から遠い場所にある「山」で、覚悟の自死を遂げたのだろうか。

ゆかりの三回忌が終わって、遺品が婚家から実家に戻されてきた。これも、妙子の歌。

「きこゆるは何の虫ぞと夫（つま）の言ふ子の三回忌終へし臥床（ふしど）に」、「戻されし鏡台に子が遺したるまゆずみ深き海のいろせる」（『やまなみ』昭和五十五年十一月号）。

15

浄き死をかならず死なむある夜《よは》の覚悟の如きものたちあがる

歌人として立つ

「死を死ぬ」とは、いささか英文直訳調である。「浄き死」にも、翻訳された聖書や賛美歌の雰囲気も漂うが、抽象的な表現である。「覚悟の如きもの」という言い方も、萩原朔太郎「大渡橋《おおわたりばし》」の、「しきりに欄干《らんかん》にすがりて歯を噛めども／せんかたなしや　涙のごときもの溢れ出で／頬《ほ》につたひ流れてやまず」という詩句を連想させるものがある。

「覚悟」は抽象名詞だが、「如きもの」とすることで擬人化され、「たちあがる」という述語にスムースに接続する。

【出典】『葉桜の丘』。

【追記】

竹山広は、『合歓』平成十五年六月号で、久々湊盈子(くくみなと・えいこ)のインタビューを受けている。竹山は、自分が理想としてきた歌人を、率直に語った。

「本で学んだというのは茂吉、佐太郎それに宮柊二、この三人ですね。この頃身につけたものが今の自分の基本になっていると思います」。

『定本　竹山広全歌集』には、「斎藤茂吉全集三十六巻」という言葉が、何

「浄き死」の覚悟は、「悔い」の多さや、「欲望」の強さとは、必ずしも矛盾しない。

・一ヶ月病み一ヶ月はたらくに金銭の欲よよとさわだつ

・欲のごとく祈りのごとく来て去りしかずかぎりなきあしたとゆふべ

「欲のごとく」は、『空の空』所収。欲と祈りは、生きる意志として、よく似ている。というか、「よよとさわだつ」ほどの欲望があるからこそ、浄く生き、浄く死のうという覚悟も強いのだろう。その覚悟は、次第に「歌人としての覚悟」として形を取ってゆく。

・かかるものを文字は残せり病みてわが兵たりえぬを悲しみし歌

戦前・戦中に、勇ましい戦争詠を歌っていた時の竹山広にも、覚悟があったはずだ。02で紹介したように、戦時中、『鶯』という歌誌で、竹山は他者の戦争詠を厳しく批判していた。竹山は、今やっと、存念の向かうべき歌を発見した。短歌の創作こそが、竹山広の最大の「欲望」であり、「意志」なのであった。

度も出てくる。茂吉は、長崎医専に在職していたので、長崎ゆかりの大歌人である。ただし、三十六巻の茂吉全集が完結したのは昭和五十一年なので、それ以前は、別の本で茂吉を学んだのだろう。佐藤佐太郎については、戦前から論じている。宮柊二（みや・しゅうじ）とは確かに歌風が似ている。

久々湊のインタビューに戻ると、「私にとってやはり佐佐木幸綱と出会ったことが大きかったと思います」、「前衛短歌などには心惹かれながらも自分とはまったく違う歌ですから、せっかく身につけたものを崩すことのないようやってきました」などと、率直に語っている。

だが、私は、前衛短歌と竹山短歌は、根っこの深いところで繋がっていると感じる。竹山と前衛短歌を繋いだのが、佐佐木幸綱ではなかったのか。

ただし、竹山本人は前衛短歌との関係を最後まで認めようとしなかった。ここに、竹山の強い「覚悟」がある。

16

くらやみに眼を閉ぢをれば抛《なげう》たむ千の言葉のさやぎ始めつ

【出典】『葉桜の丘』。

【追記】

「くらやみに」の歌は、高浜虚子の俳句、「金亀虫（こがねむし）擲（なげう）つ闇の深さかな」を連想させるものがある。

だが、竹山にとっての「くらやみ」は、「死」とほとんど同じ意味だった。そして、「千の言葉」がさやいでいる、カオスなのでもあった。

「くらやみに眼は馴れゆきて絶命のきはの短き痙攣も見き」（『とこしへの川』）。この「くらやみ」は、被爆直後

言葉あれ

『聖書』によれば、「最初に光があった」。「初めに、言葉があった」。世界は「神の一撃」によって混沌状態から脱し、光あふれるものとなった。「くらやみに」の歌では、竹山の心の中の混沌状態で、無数の言葉がさやぎ始めている。ある意味で不穏な状態である。『古事記』では、アマテラスの威光が行きわたる以前には、もろもろの神々が「いたくさやぎてありなり」とされている。

竹山の心の中に湧き起こったたくさんの言葉が、「自分を摑み取ってくれ」、「自分に役割を与えてくれ」と大声で騒いでいる。

その言葉たちを、竹山は、取っては投げ、取っては投げして、暗闇に向かってなげうつ。千の言葉は、竹山が不如意《ふにょい》な世界と戦うための武器なのだ。それらの中に、世界と差し違える力を持つ、強力な武器に成長しうる「一語」がある。その言葉の放つ強烈な光で、闇を退治したい。

・斬り伏せむ言の葉ひとつ寒天に吊りてたのしき一日二日

・口辺に刃を受くるまもさしかへむ一語口遊《ずさ》みせりあやしむな

「千の言葉」や「万の言葉」から、竹山は遂に、一つの「言の葉」を選び取った。さあ、その言葉を、これからどう料理するか。言葉の取捨選択と、推敲。それが、歌人に許された苦しみであり、無上の喜びでもある。散髪中も推敲は続く。

・くづほるる心を起す一語あり〈一撃にしてこの世終らむ〉

世界は、「光あれ」という神の一撃で創られた。そして、核弾頭の一撃で壊滅しようとしている。だから、歌人として、竹山は立ち上がる。世界の終末を許してはならない。そのためには、歌うべき一語を見出し、磨かねばならない。

の「非日常」の死の世界である。

「くらやみに汗噴きくるは火葬炉の扉の奥を思ひみしゆゑ」(『射禱』)。この「くらやみ」は、戦後のある時の「日常的」な葬儀の光景である。

非日常にしても、日常にしても、「くらやみ」の向こう側には、死の世界が広がっている。死と同義語である「くらやみ」が、竹山の歌の母胎なのである。

「暗闇の中にて歌を書きとむるよひよひにわがたましひは涸(か)る」(『遐年』)。「たましひは涸る」の「涸る」が、字眼。この歌の直後には、「扇風機の翼しづまりゐる深夜アメリカはわれに滅ぼされたり」とある。

竹山の短歌は、死の世界である暗闇まで降りてゆき、かつて原子爆弾をもたらした「死の国家」アメリカと刺し違えている。アメリカを滅ぼす歌を詠むことで、竹山の魂は涸れた。「抛たむ千の言葉」とは、まさに竹山が渾身の力で世界と戦う武器なのだった。

17　降る雨のにごり暮れたる時津川わが家の根を削《ソ》ぐごとく鳴る

家の根、人の根、世界の根、歌の根

昭和五十七年七月二十三日から翌朝にかけて、長崎は死者二百九十九名に上った大水害に見舞われ、時津川《ときつがわ》の近くにある竹山の家も押し流されかかった。「家の根」という一語が、字眼である。木には、根がある。大風に吹き倒されて、根っこが空に足を向けて露出することもある。家にも、根がある。竹山の家の根は、大水害から辛くも持ちこたえることができた。

読者は、「家の根」という秀句を前にして、そう言えば人間にも、その人の「アイデンティティ＝根」があることに気づく。竹山は、

【出典】『葉桜の丘』。

【追記】

竹山が角川短歌賞に応募した「八月」を、上田三四二以外の選考委員は、どうコメントしているだろうか。

15の「追記」で、竹山が自覚して学んだと述べた宮柊二は、肯定的な評価である。「うまい歌は、ばかにうまいですね」、「うま過ぎるというんじゃなくて、力量も持っているんですね。誠実さもあるし」。

千代國一（ちよ・くにいち）は、部分肯定で、部分否定の立場である。「自

ずっと「自分の根」を見据えて生きてきた。中でも、竹山が忘れられないのは、昭和二十年八月九日に、世界がまるごとひっくり返り、「世界の根」が露呈した事実を、はっきり見てしまったことだ。

その時から、竹山広の歌は、変わった。それまでの「歌の根」ではなく、原子爆弾の投下という世界悪を歌いつつ、しかも素材の衝撃力に依存せず、文芸としての感動に満ちた歌の「根＝根本」を見つけるために、竹山は十年の沈黙の歳月を要した。

竹山は、昭和四十八年、第十九回角川短歌賞に、連作「八月」で応募し、受賞はならなかったものの、予選を通過した。上田三《み》四二《よじ》は、選評で、次のように評価している。

「原爆の体験を正面からうたって、それも政治的な立場から公式的にうたっているんじゃなくて、作者自身が被爆者で、そういう立場から自分に即してうたっています。（中略）歌が非常にしっかりしていますね」。

上田は、竹山短歌の「根」を認めたのだ。

分の身に引きつけて歌ったものには、いいものがありますね」、「言葉が言葉として目立ち、どこもしっくりした味わいまでいってないような気が共通的にするんですね」。

玉城徹は否定的である。「手堅いんだけど、読んでて世界が広がってこないっていう感じがありますね。何となく面白みっていうのが……」。

近藤芳美は、全否定の立場である。「被爆忌」や「被爆二世」という言葉を例示した後で、「こういうことばの語感にまっさきに抵抗しない感覚は、ぼくは信用しないっていうこと」、「足を地につけてうたうべきでしょう」。

近藤の発言を読んだ竹山は、どんなにか、くやしかったことだろう。「被爆忌」や「被爆二世」という言葉の政治的色彩を払拭することにこそ、竹山の苦心があった。そこを、近藤には見抜いてもらいたかったに違いない。

塚本邦雄は、竹山の候補作について、終始、無言だった。

18

おそろしきことぞ思ほゆ原爆ののちなほわれに戦意ありにき

【出典】『残響』。

真に「おそろしい」のは何か

第三歌集『残響』の巻頭歌である。元号は、平成に変わって二年目（西暦一九九〇年）である。時に、竹山は満七十歳。古希（古稀）を過ぎている。

けれども、大器晩成という言葉は、竹山から最も遠い。竹山広は、第一歌集『とこしへの川』から既に、自分の個性的な文体を確立していた。竹山の文体は、一貫して変わらない。実は、戦前期の習作から、竹山の文体は紛れもなかった。

竹山の歌風は変わらないが、いよいよ新しく、ますます鋭くなっ

【追記】

第三歌集『残響』は、平成二年十一月三十日、雁書館発行。三百五十七首を収める。装幀は、小紋潤。

さて、「原爆ののちなほわれに戦意ありにき」と歌った竹山だが、戦後の歌人活動で、竹山の「戦意」が消滅したのではなかろう。

私は、馬場昭徳にお願いして、竹山のスナップ写真を見せてもらったことがある。その中に、竹山の書斎で撮影された写真があったが、宮本武蔵の自

た。なぜならば、戦後四十五年を経て、竹山短歌の真髄である「記憶のリアリティ」の鮮度が、さらに増してきたからである。

　褪せない記憶によって、原爆投下の時点では意識化されなかったことが、いくつも新たに発見された。あれほどの被害を受けた後も、軍国青年だった竹山には鬼畜米英と本土決戦を戦うだけの気概があった。そのことを、四十年以上経《た》って言語化し、「かつての自分の本質」を「おそろし」と切り捨て、戯画化している。

「ことぞ思ほゆ」は、係り結びが乱れている。『万葉集』の浦島伝説でも、「いにしへのことぞ思ほゆる」である。一語に命を削る竹山にして、文法の規範を守らないという「おそろしきこと」をやってのけた。歌人竹山広は、「おそろしきこと」を戦後一貫して見つめ、言語化して歌に詠んできた。

「おそろし」「おそる」は、竹山短歌の最も大きなキーワードである。その根源に原爆体験があったのは、むろんである。

・原爆をみなもととしてながくながく怖れきたりし雷遠く鳴る

（『千日千夜』）

筆で「戦気」と揮毫された色紙を飾っている一枚があったのには、意外な気がした。武蔵は熊本で没したので、熊本の歌人からもらったのだろうか。

　武蔵は、「戦気」の二字に続いて、白楽天（白居易）の、「寒流、月を帯びて澄めること、鏡の如し」という漢詩句を書き記している。

　武蔵は書いていないが、この詩には続きがあって、「夕吹（せきすい）、霜に和して利（と）きこと、刀に似たり」である。『和漢朗詠集』の「歳暮」の項目に、収められている。

　戦時中に燃えさかっていた竹山の鬼畜米英に対する「戦意」は、戦後の作歌活動で、武蔵の言うところの「戦気」へと昇華したのではないか。

　原爆の死者たちが累々と重なっていた「とこしへの川」を、「鏡」のように観ずるには、「刀」にも似た切れ味鋭い「短歌」を必要とする。武蔵の「刀」が、竹山にとっては、世界悪と斬り結ぶ「歌」だったのだと思う。

19　死にてのち人は正義の世に入るとげにおそろしきことを信じきぬ

【出典】『眠ってよいか』。

【追記】

17で、竹山の角川短歌賞応募作に対する選考委員の反応を紹介した。その問題に、もう少しこだわりたい。

竹山は、戦後四半世紀が経過した時点で、原子爆弾投下を「記憶のリアリティ」で歌った。それが、応募作「八月」である。

竹山の企図した「記憶のリアリティ」が読者に認められるならば、「おそろしさの伝達」が可能になる。当代屈指の歌人である選考委員たちは、最良の

「おそろしさ」の伝達

第九歌集『眠ってよいか』の歌である。18の「おそろしさ」の連想で、歌集の刊行順序は前後するけれども、この歌を取り上げたくなった。竹山短歌の「おそろしさ」は、この歌の場合は、「げに」という副詞の中にある。「げに」は、これまで他人の発言なり書物なりで得ていた知識が、本当にその通りだった、あるいはまったく真実とは逆だったと納得された時に用いられる。

この時、竹山広の感じた共感が、読者の共感へと波紋を広げてゆく。恐ろしさを語る「レトリック＝芸」によって、短歌は、ル

ポルタージュや記録、さらには歴史資料とは異なる感動を、読者に与えることができる。

「げに」は、「本当に、私は、おそろしいことを信じてきたものですな」と、読者に呼びかけているのだ。

「おそれ」を客観化するには、作者の主観を読者に媒介する「語り手＝ナレーター」が前面に飛び出して来なければならない。当時の自分を客観化し、切り刻む「語り手としての自分」が短歌に内在した時、短歌は読者を突き動かす「物語」へと変貌する。主観的な人間の限界を超え、客観化してくれる語り手は、原爆を直接には知らない読者たちとの接点にもなる。

・この坂を心おそれて走りきと告げ難きまで時は過ぎにし
（『とこしへの川』）

この歌の「おそる」という動詞は、読者に「告げ難き」感情である。すなわち、素材である。この「おそれ」を客観化し相対化するのが、「語り」の技法なのだ。竹山は最晩年まで「歌の語り手」たらんとし、「歌人」としての坂道を上り続けた。

読者であった。竹山と読者の間には、通路が通うのだろうか。

上田三四二と宮柊二には、竹山短歌の「根」が伝わっている。宮は、審査時点では、竹山に点を入れていないけれども、選考会議の場で上田から言われて読み直し、竹山の力量と誠実さに気づいた。

千代が「言葉が言葉として目立ち」と感じたのは、「一語」に賭ける竹山の志が、ある意味で伝わったからだ。この「一語」に賭ける思いは、近藤芳美には、まったく伝わらなかった。

玉城の「世界が広がってこない」は、竹山短歌の凝縮性の裏返しである。巨大な世界悪を、短歌形式にぎゅうぎゅう押し込み、圧縮したうえで、たたきつぶす。『とこしへの川』一冊の刊行後に、玉城は竹山短歌を読む機会があっただろうか。

塚本邦雄の沈黙は、前衛短歌と竹山短歌が、現代短歌の両極である事実を、如実に物語っていると考えられる。

20 脱肛のにはとりを食ひ殺したるにはとりをながく恕《ユル》しえざりき

今は、許しているのか？

養鶏に従事していた頃の実体験を、記憶の力と語りのレトリックによって再構築し、えもいわれぬ恐怖と、それに対する怒りを歌っている。この歌の「にはとり」は、人類の比喩である。強い鶏が、弱い鶏を殺害する。これを、弱肉強食と言う。ある日の養鶏場で起きた「事件」を、人間世界、あるいは近代文明の縮図へと転換している。

・それだけのことにて人を殺すのかをととひ怖れけふまたおそる

（『空の空』）

【出典】『残響』。

【追記】

竹山は、敬虔な信仰者であるゆえに、悪の存在を許し得ないタイプの人間だったのではないか。

『空の空』に、「悪もまた栄えにいたる今生（こんじやう）の草生（くさふ）をぬらしゐる日照雨」とある。「草生」は、草むらのこと。「日照雨」は、「そばえ」とも言うが、お天気雨のことである。この歌に、竹山の「悪」に対する姿勢が、はっきりうかがえる。

サド侯爵に、『悪徳の栄え』と『美

テレビのニュースでは、連日のように殺人事件を報じている。世界のどこかで、人が人を殺す事件が報道されない日はないと言っても過言ではない。

そして、その殺人の動機たるや、たった「それだけのこと」で、人を殺せるものなのかという怖れを、竹山に抱かせる。考えてみれば、アメリカが広島や長崎に原爆を落としたのも、それに先立って日本が真珠湾を奇襲攻撃したのも、「それだけのこと」が原因だったのではないか。

げに、恐ろしきことならずや。

20の歌では、被爆者として後遺症に永く苦しんだ竹山が「脱肛のにはとり」で、原爆を投下したアメリカが、それを「食ひ殺したるにはとり」である。だが、10の歌で見たように、竹山は、「脱肛のにはとりを食ひ殺したるにはとり」を殺す者でもあった。この時、「ながく恕しえざりき」という感情は、まことに複雑なものとなる。近代日本、現代世界を生きるとは、まさに、はけ口のない怒りと悔いを堆積することにほかならない。


『悪徳の栄え』『美徳の不幸』という本があるように、「今生＝この世」は、不条理にして不如意に満ちている。

「悪貨は良貨を駆逐する」という諺そのものに、植物の世界でも、美しい草花が減少し、外来の雑草ばかりが蔓延しているではないか。しかも、お天道様までが、雑草の味方をして、水を降らす始末である。

動物の世界では、弱肉強食。強い鶏が、弱い鶏を無慈悲に食い殺す。政治の世界でも、「悪徳の栄え」が顕著である。悪徳の栄えを、このまま手に指をくわえて傍観しているだけでよいのか。

「来世」で因果応報の報いがあることを信じて待つ方法もある。だが、悪徳の栄えを告発し、弾劾する短歌を作れば、「今生」において、悪徳に一矢報いることができる。

竹山は、終生、悪を許さなかった。彼は、猛然たる勢いで、雑草を引き抜こうとして動き始める。

21　口ひらく闇中の貝、むかし男ありけりと読みさして来ぬれば

【出典】『残響』。

【追記】
飛行機嫌いで知られる竹山が、おそるおそる飛行機に乗った時の歌がある。機上から、富士山が見下ろせたのだろう。

「まこと初めて見る実物の富士山は五月の雪をあざやかに冠（の）す」（『遐年』）。「まこと初めて」までが初句で、「七七五七七」の音律である。

これは、『伊勢物語』第九段（東下り）の一節、「富士の山を見れば、五月（さつき）のつごもりに、雪いと白う降れ

「昔男」の無惨

この歌も、「語割れ・句またがり」であり、屈折した心情を詠んでいる。「口ひらく／闇中《あんちゅう》の貝／むかし男／ありけりと読み／さして来《き》ぬれば」と音読する。

竹山広には、「清廉・清貧」のイメージが強い。イメージだけでなく、現実でもそうだった。だから、『伊勢物語』の色好みの主人公・在原業平《ありわらのなりひら》とは、うまく連想がつながらない。

けれども、竹山は、「昔、男ありけり」で始まる『伊勢物語』を読んでいる途中で、砂抜きをしていた効果が気になったのか、

貝の様子を見るために台所にやってきたのだ。すると、暗闇の中で、貝の口がぱっくりと開いて、妖しく蠢《うごめ》いているではないか。

竹山は、『伊勢物語』の愛の物語の中に、「みやび」を読まなかった。そうではなく、生臭さと、人間の本能とを感じ取ったのである。愛の本質は、性である。催馬楽《さいばら》の「我家《わいへん》」の大らかな性を連想させるところもある。

・睡眠といふはいかなる密室か老いふけてみる夢のきたなさ

（『千日千夜』）

この歌は、『伊勢物語』第百三段の、「寝《ね》ぬる夜《よ》の夢をはかなみまどろめばいやはかなにもなりまさるかな」という歌を踏まえている。『伊勢物語』の語り手は、この歌に関して、「さる歌のきたなげさよ」とコメントしている。竹山の「夢のきたなさ」は、その表現を踏まえている。『千日千夜』は、竹山が七十九歳の時の刊行である。業平は、数えの五十六歳で亡くなるまでに、三千七百三十三人の女性と契ったという。人間としては自分とまるで対極である業平に対して、竹山は強い関心を示している。

り」とあるのを踏まえている。

千年前の業平は馬に乗って東下りをしていて、比叡山より二十倍も高い富士山に、五月でも雪が残っているのに驚いた。今、竹山は、飛行機で「東上り」をしながら、富士山を下に見た。

「まこと」とあるのが、字眼。「げに」と同じく、これまで書物で読んでいたことを目の当たりに確認した、という納得のニュアンスである。だから、富士山を見慣れている地域に住む読者にも、竹山の驚きが伝わってくる。

思うに、竹山広の『とこしへの川』は、現代の「歌物語」ではなかったのか。「昔、男ありけり。長崎にて、原子爆弾の投下に遭（あ）へり。男、あまりの惨状に、恐れ、涙し、詠める」。

在原業平は、死の直前に、「思ふこと言はでぞただに止（や）みぬべき我と等しき人し無ければ」と歌い、沈黙を選んで死んでいった。だが、竹山は思うことや見たことを、歌った。それが、竹山広の「誠実さ」である。

22　ふるさとの海眼下《まなした》に暮れわたるここに一生を完《マット》うしえず

【出典】『残響』。


【追記】

第一歌集『とこしへの川』の「あとがき」には、「敗戦直後から昭和三十九年春までの十九年間を、私は生れ故郷である長崎県北部の田舎町で、原爆に生きのびた代償のやうにつきまとふ病魔と貧困に苦しみながら過した」とある。

私は長崎県佐世保市で過ごしたが、母方の祖父母が北松浦郡吉井町（現在は佐世保市）で暮らしていたので、土曜と日曜には国鉄松浦線に上相浦駅か

故郷喪失

下の句は、「ここにひとよをまっとうしえず」と音読する。
・死してわが帰るなき墓地しづかなる曇の下の土あたたかし
・十字架の墓ひろびろと満つるまで人ら勤しみてここに死にたり
ふるさとの田平は、隠れ切支丹の子孫がここに移り住んで、営んだ開拓地だった。貧しい生活ではあるけれども、人々が飢えることはなかった。竹山は戦後、田平の町役場に勤務していたが、結核を患い、退職した。竹山は、病を養いつつ鶏を飼った。

田平の家には、かつて歌人の安藤寛《ひろし》（一八九二〜一九九三）が

訪れ、竹山を励ましてくれたことがあった。竹山が死を覚悟して、09で紹介した「ルルドの水」の歌を詠んだ頃である。安藤は、佐賀県多久《たく》の生まれで、戦前の長崎高商卒。佐佐木信綱主宰の『心の花』の選者でもあった。この土地や家屋を売却して長崎に出ることは、竹山にとって自分の存在根拠を失うに等しかった。

そして、長い時間が経った。長崎市で開かれた『心の花』全国大会の機会に、信綱の孫の佐佐木幸綱が、田平を訪れてくれた。幸綱は、『とこしへの川』に渾身の序文を寄せている。

・佐佐木幸綱草ふかきわが家跡の湿れる土を踏み立たすなり

『万葉集』の研究者である幸綱に敬意を表し、『万葉集』の「たまきはる宇智の大野に馬並《な》めて朝踏ますらむその草深野」の本歌取りである。同時に、竹山が愛した古典である『伊勢物語』第百二十三段の、「年を経《へ》てすみこし里を出《い》でて去《い》なばいとど深草野とやなりなむ」、「野とならば鶉《うづら》となりて鳴きをらむかりにだにやは君は来《こ》ざらむ」の贈答を踏まえ、幸綱の訪問を喜びながら、竹山はふるさとを案内するのだった。

ら乗って、祖父母の家に遊びに行った。途中は、ごつごつした岩山とボタ山がたくさん見え、子ども心には恐ろしかった。この松浦線をもう少し乗っていけば、田平（平戸口）に行ける。

当時の田平駅は「本土最西端の駅」だった（現在は佐世保駅）。「『日本最西端の駅』とこの碑に書きくれし藤浦洸も忘れ去られつ」（『遐年』）。

原爆に遭う以前から、竹山は郷里の田平で、貧困と向かい合っていた。

「切支丹の芋喰（いもく）らひよと嘲られことばなかりし少年も老ゆ」（『千日千夜』）。

「立身出世せよと導きくだされきかたじけな南田平尋常小学校」（『遐年』）。竹山の敬語は、おちょくりであることが多い。「七・七・五・十一・十」の字余りも、大げさである。

竹山広の名は、文学史・短歌史に刻印されたので、最も「立身出世」を遂げた、現在は田平南小学校の卒業生ということになるだろう。

23　くづほ《オ》るる心を起こし起こし詠むあるとき歌は意志と思ひき

【出典】『一脚の椅子』。

意志あるところ、言葉が起き上がる

第四歌集『一脚の椅子』は、平成七年（一九九五）、竹山が七十五歳の刊行である。この歌集は、ながらみ現代短歌賞を受け、歌人・竹山広の名を歌壇に広く認知させることになった。

歌は「意志」である。いや、歌は「意志」でありうる。繰り返される人災や天災、世界各地から無くなることのない戦争を前にすれば、歌人は誰しも、歌の無力と、表現の非力を痛感することだろう。感受性の鋭い竹山は、人の何倍も無力に苦しんだ。これが、心の「くづほるる」状態である。

【追記】

第四歌集『一脚の椅子』は、平成七年四月二十八日、不識書院刊。四百五十九首収録。

帯文には、「沈黙のふちから発する／《魂の韻律》が／静かに、勁く、人のこころを打つ」とあり、帯の背には、「被爆者歌人の／戦後五十年！」とある。

さて、「あるとき歌は意志と思ひき」は、竹山の作歌上の信念である。

小冊子『短歌　二十三人集』（昭和

頽《くずお》れた心を引き起こすのは、16で取り上げたように、「一語＝言葉」の力である。だが、その言葉は、容易には見つからない場合がある。その時には、頽れた心を起こしあげてくれる言葉を探し続ける強い心が必要である。それを、竹山は「意志」と呼んでいる。生きる意志は、歌う意志でもある。

竹山広は、意志の歌人だった。

「心を起こし／起こし詠む」の部分は、広義の「語割れ・句またがり」である。何度もくずおれる心を、そのつど引き起こしてくれる「言葉」。それが、天や自然や神に対して、人間の「戦う意志」を表す武器なのだ。

・雁が音といふ語を起こしゐたるまに暮れてさえざえし梅の白妙

・抱かれてゆふべ路上をわたりくる白梅一枝魂《こん》のごとしも

「雁《かり》が音《ね》」という一語が、「梅の白妙」という、別の一語を連れてきてくれた。心の中から掘り起こされた言葉には、「魂」が籠もっている。頽れた心だけでなく、壊れかかった世界までも立ち直らせる力が、言葉にはあるのだ。

六十三年五月）、『短歌　二十二人集』（平成二年五月）は、長崎大学教育学部の吉村喜好（よしむら・きよし）の呼びかけで始まった「ながさき短歌会」の作品集である。

印刷所が明記されていないので、私は最初、竹山印刷店の印刷物かなと思ったが、当時、既に竹山は店を閉めていたので、違うようだ。

『二十二人集』の「あとがき」で、竹山は、次のように記している。

「歌を作るには綜合的な人間力の集中が必要である。意志力を集中して自分の内部世界に降りてゆき、そこにある漠然とした想念をことばとして引き出す、それが作歌である。苦しみを伴う営為ではあるが、しかしその苦しみは、一方で創作のよろこびをもたらす。創作しない人間の絶対に知りえないよろこびである。持続とは、その苦しみとよろこびの繰返しに他ならない」。ここに、「意志力を集中して」とある。竹山は、まことに「意志」の歌人だった。

24

原子爆弾一発をだに報いずと生きのびてながく苦しかりしを

【出典】『一脚の椅子』。

【追記】

竹山には、天下人である徳川家康を「敗軍の将」にする幻想を抱いただけでなく、豊臣秀吉を明智光秀に敗北させた歌も作っている。

「閑日（かんじつ）の思ひこよなし秀吉をいくたびも光秀に討たしむ」（『とこしへの川』）。

関ヶ原の戦いの敗者として、家康を処刑したのは「まぼろし」であり、竹山の幻想だった。「眩暈（げんうん）を帯ぶ」とは、くらくらしたというこ

歌という武器

「だに」は、最も程度の軽い用例を一つ挙げることで、それよりもっと重いことを連想させる助詞である。竹山は、「原子爆弾一発」だけでなく、その上に何を、誰に対して報復したかったのだろうか。「だに」という一語に籠められた竹山の怒りと憎悪は、根深い。

竹山の怒りは、世俗の世界における絶対的な権力者に向けられることが多い。

・この原の死者らに死《しに》を待つものにその夜の雨は沁みとほりけむ

この歌は、関ヶ原の古戦場を見た時の心情を歌っている。竹山は、無惨な戦死を遂げた者たちや、今まさに死のうとしている者たちに成り変わって、その夜の雨の冷たさと無念と怨念を慮《おもんぱか》っている。「けむ」（きっと……したことであろう）という過去推量の助動詞は、敗者にして死者でもある者たちの無念を、竹山が我が身に引きつけて想像する役割を果たしている。

その死者たちは、昭和二十年八月九日の長崎の悲惨さを思い起こさせた。関ヶ原の戦いには、裏切り者の小早川秀秋《こばやかわひであき》がいた。そして、彼を裏切りに走らせた徳川家康がいた。この時、関ヶ原の死者たちに成り変わっている竹山は、歌で一矢報いようとした。

・敗軍の将家康を引き据うるときまぼろしは眩暈を帯ぶ

「まぼろし」、つまり幻想の力で、勝者として勝ち誇る家康を消したり、「敗軍の将」として刑場に引き据えられる姿を作り出したのだ。竹山は、不正な手段で作り出された「徳川三百年の平和」が、いつわりの平和だったと見抜いている。戦後日本の「経済的繁栄」と同じように。

とだろうが、快感を感じて酩酊したという意味かもしれない。

秀吉は、竹山の「閑日の思ひ」（暇つぶし）によって、何度も山崎の合戦で光秀に敗北し、逃げ回らせられた。

竹山にとって、秀吉や家康は、「アメリカ」や「ソビエト連邦」のイメージだった。織田信長は、彼を罰する短歌を作るまでもない。なぜなら、本能寺の劫火（ごうか）の中で滅びるという厳罰を、現実に受けたのだから。

「電話終へてしばらくこころ濃くをれば鬼の信長火の中に立つ」（『千日千夜』）。

竹山は、マルコスや、チャウセスク、フセインなどの「転落した独裁者」を、しばしば歌う。これらは、時事詠や政治詠、社会詠では、ない。

虐げられた者たちの、一矢報いんとする執念の矢が、彼らを射貫き、復讐を成し遂げた。

竹山は、「正義」や「愛」を旗印として、人生という戦場で奮戦したのだ。

25

戦争を選びしものを責め合ふにことばは易《ヤス》し酔ふごとく責む

【出典】『一脚の椅子』。

【追記】

人間は、何かに酔ったかのように、軽い言葉を吐き散らすことがある。むろん、当人は、しっかりと話しているつもりなのである。近年、歌の言葉も、批評の言葉も、とみに軽くなった。

竹山は、被爆直後に、多くの重傷者たちが、水を求める叫びを聞いた。「水を」。この言葉は、「みずを」ではなく、「みぞ〜っ！」という、渾身の叫びだったことだろう。この「みぞ〜っ！」という一語と拮抗しうる一語を、竹山は

言葉は軽くて、しかも重い

一九九〇年八月、イラク軍がクウェートに侵攻し、翌一九九一年一月、多国籍軍がイラクを空爆して、湾岸戦争が始まった。

多国籍軍とイラクとは、互いに相手を非難し合った。どちらの言葉も軽い。だが、竹山の心性は、イラク側に同情的と言うよりは、多国籍軍、つまりアメリカ側に対して批判的になる。

・三週間のべ五万機の空爆に耐ふるはいかなる怒りにかあらむ

この時、竹山の脳裏には、四十五年前の自らの被爆体験が浮かんでいただろう。長崎市は六度の空襲を受けたが、六回目が原子

爆弾の投下だった。八月九日も、朝方に空襲警報が出され、それが解除された後で、午前十一時二分の原子爆弾投下を受けた。

空爆に耐え続けることで蓄積した怒りを表出するには、どういう言葉がふさわしいのか。『とこしへの川』は、言葉の探求の始まりだった。

・普賢岳の噴煙を原子雲めくと思ひそれより先はおもはず

これは、一九九一年に起きた雲仙《うんぜん》普賢岳《ふげんだけ》の大噴火を詠んでいる。不吉なまでに天に向かって吹き上げる噴火を、「噴煙を原子《げんし》／雲《うん》めくと」と、強烈な「語割れ・句またがり」で歌っている。天が、地が、人が、心が、大きく罅割れたのだ。だが、竹山の怒りは、戦争と違い、天災の場合には「怒り」の言葉を見つけられない。人は自然を憎めないからである。だからこそ、「人災」に対する竹山の怒りは、言葉を見出して激しく噴出しようとする。

だが、「ことばは易し」。世界悪を生み出す人間悪に一矢報いるためには、怒りに酔ったまま吐き出す言葉ではいけない。その相克が、竹山広の表現者としての戦いの中身だった。

戦後ずっと、求め続けた。

だから、竹山の歌の一語・一語は、重い。ずしっ、ずしっと、腸（はらわた）に堪（こた）える。少しでも重い一語を選び取り、磨き、「悪を射貫く武器」とした竹山は、狭小な文学観を吐き散らす手合いを許せなかった。

「論を立つる者いたいたし己（おの）が師を疑はずその歌をたふとぶ」（『千日千夜』）。

軽い言葉で絶賛されたら、絶賛された歌までが、軽薄になってしまう。本書を執筆中、私が心の中で繰り返し反芻（はんすう）していた歌がある。竹山の最晩年の歌である。

「わが歌の死後語らるることあらば死にたる耳に天よ聞せよ」（『地の世』）。

今は亡き竹山広の耳に、真実のこもった重い「批評の言葉」を届けたい。私が竹山から受け継いだ批評精神の矢を、竹山短歌にも向けてみたい。

それが、歌人竹山広の心からの願いだったであろうから。

26

猫の死体きのふ干乾《ヒカラ》びゐたりしはこの辺《アタ》りかと足のよけゆく

【出典】『一脚の椅子』。

【追記】

猫は自由であり、人間に対して無関心な動物だというのが、世間の人が抱いているイメージだろう。だが、竹山短歌の猫は、人間と深く関わっている。そのことを、「擬人化」と言っても、決して間違いではないだろう。

「不整脈をさまりてわが立ちあがるしぐさを猫の恐るるあはれ」（『葉桜の丘』）。

竹山の立ち上がる「しぐさ」が、猫にはとても人間のものとは思えなかっ

猫の歌

竹山短歌では、動物が印象的である。動物たちの多くは擬人化され、人間の生き方の象徴と化している。

現実と日常の中に短歌のすべてがあるというのが、竹山の信念だった。この歌も、猫の干乾びていた死体を、昨日、現実の光景として見ていたのだろう。だが、竹山の次のような歌を読むと、猫の歌の解釈が変わってくる。

・九日のことかそののちか判らなくなりて伸びきたる石の上の腕

「判《わか》らなく／なりて」が語割れであるし、「五八五八八」の字余

りである。腕だけでなく音律が、にゅっと伸びてきている。

死んだと思っていた人の腕が、伸びてきたのが、あの八月九日のことか、その後のことか、記憶は曖昧であると言う。これは、曖昧さを装うことで、事実性を高める高度なリアリティの技法である。この腕と、干乾びた猫の死体が、竹山短歌の読者の中では、一瞬入り交じる。ここに、猫の擬人化が起きる。死んだ猫と、原爆による死者や瀕死の人たちとが重なってくるのだ。

・練習のごとくに雷を終わりたる山の彼方を見てゐる子猫

（『射禱』）

竹山は、「ピカドン」の原爆体験以来、雷を極度に恐れたという。幸い、今日の雷《らい》は、予行演習のように軽くて済んだ。ほっと空を見ている竹山の心が、「子猫」の目線と重なる。

・石を拾ふまねしても逃げぬ根性をつけて壮年となりをり猫は

（『空の空』）

この猫のふてぶてしさが、歌人として、壮年・老年期を生きた竹山の強靭さなのでもある。

た。竹山が、「人間ばなれ」した、何物かの化身に感じられたのである。本能で竹山を不気味がる猫を見て、竹山は「驚かして悪かったな」と思っているのか、自分が「人間ばなれ」していることを猫に教えてもらって感謝しているのか。どっちなのだろうか。

「彼岸花のあはひをくぐり出でし猫この世敵ある歩みざまをす」（『千日千夜』）。

彼岸花（曼珠沙華）は、どこか不気味で、妖しい花である。彼岸花の咲いている場所のあたりに、「あの世」と「この世」の境界があるのだろう。

彼岸花の近くにある「異界の扉」を通り抜けて、あの世からやって来た猫が、この世には敵がいるかのように警戒している歩き方をした。

この猫も、自分の存在を脅かすものに敏感な竹山の自画像だろう。『とこしへの川』で、この世の地獄を見た竹山は、その時から、本能的に「敵」を探し続けている。究極の敵を。

27　雪の日の鴉《カラス》びつしりとゐて鳴けりるぐあああるぐあああ人間は死ね

【出典】『一脚の椅子』。

鴉の歌

どこかしら、荒涼としたオランダの雪景色を描いたブリューゲルの絵を思わせる不気味さがある。鴉の鳴き声の擬音語としては、「カーカー」「ガーガー」「グワーグワー」などがある。漫画では、「ぐわあ」という人間の叫びも愛用されている。

それにしても、「るぐああ、るぐああ」という鴉たちの叫び声を、「人間は死ね」と竹山が翻訳したのには驚く。

・バタリーの卵を攫られたる日より憎みきて今日の鴉まぢかし

鴉が人間を憎むように、竹山もまた、鴉を憎み続けてきた。敵

【追記】

竹山は、動物から怖がられる傾向があったようだ。

「こわいよと朝の鴉のくり返し鳴くをし見ればわれに向きて鳴く」（『残響』）。

ある朝、外を歩いていたら、上空で鴉の声がした。その声が、「こわいよ、こわいよ」と脅えて鳴いているように聞こえた。あの獰猛な鴉たちが、何を怖がっているのだろうかと、竹山が鴉を見上げたところ、鴉は竹山の眼を

意には敵意を、殺意には殺意を。竹山と鴉は、まさに天敵同士なのである。

「バタリー」(battery)は、玉子を産ませるための鶏の飼育棚(鶏舎)のこと。『一脚の椅子』は、一九九五年の刊行で、竹山が養鶏を離れたのは一九六四年。三十年以上も前の鴉への恨みが、いまだに竹山の心から離れないのである。

・電線をもう一度摑みなほしたるこの大鴉われに向き合ふ

(『千日千夜』)

エドガー・アラン・ポーの詩に登場する大鴉は、名前を問われて、「ネバー・モア」と答えた。竹山の大鴉は、何を語るのか。たまには無言の鴉もいて、竹山を戸惑わせる。だが、鴉は人間と敵対し、憎まれてこそ、存在価値があるというものだ。

・夕空のあれは鴉か声あぐる一羽だにゐぬあれは鴉か

(『遐年』)

・働きて帰る鴉よああ曾《かつ》てお前らを憎みたのしかりしを

(『空の空』)


しっかりと見据えて、「恐いのは、お前だよ」と、鳴いているのだった。

なぜ、そこまで竹山は鴉から恐れられるのだろうか。

「やよおのれ鴉めとけふむらぎもの心は立ちて走らむとしき」(『残響』)。

「むらぎもの」という、古代的で大仰(おおぎょう)な枕詞(まくらことば)が使われているが、内容はユーモラスである。鴉のあまりの憎らしさに、鴉に対して悪態をつくだけでは満足できず、追いかけ回そうとした、というのである。足が立って走ろうとするだけでなく、心までが立ち上がって走り出そうとした、というのが面白い。鴉から、「こわいよ」と言われるのも道理である。

『とこしへの川』に、鴉の歌はない。原爆が投下された直後、鴉もまた全滅したのか。それとも、遺体の上に群がったのか。おそらく後者だろうが、鴉の大罪はさすがに竹山の歌には詠まれなかった。

28

人間の分際に目は覚めゐよと激震をもて揺りおこされつ

【出典】『千日千夜』。

【追記】

第五歌集『千日千夜』は、平成十一年五月八日、ながらみ書房刊。四百八十六首を収録。装幀は、渡辺美知子。深緑色のカバーである。

帯文には、「二万発の／核弾頭を積む星の／ゆふかがやきの／中のかなかな／原爆の劫火から一命を／とりとめた79歳。／記憶の底に燻りつづける／遠雷のような傷みと／抱えこむ時代の重さに、／思索し、感応し、／ときめく、21世紀への／メッセージ。」とある。

阪神・淡路大震災、起こる

第五歌集『千日千夜』は、平成十一年（一九九九）、満七十九歳、数えの八十歳、すなわち傘寿での刊行である。戦争の世紀、いや「原爆の世紀」だった二十世紀がやっと閉幕し、二十一世紀がまもなく開幕しようとしていた。

この歌には、「平成七年一月一七日、午前五時四六分」という詞書がある。すなわち、この日時に発生した阪神・淡路大震災を詠んでいる。竹山の子は、神戸に住んでいた。「昭和二十年八月九日、長崎市、浦上第一病院に入院中、一四〇〇メートルを隔てた松山町上空にて原子爆弾炸裂す」という詞書で始まる『とこしへの川』の悲劇が、再び神戸を舞台として起こったのだ。

かつて、王朝から中世への過渡期を生きた鴨長明は、『方丈記』の中で、「五大災厄」を描いた。五つとは、大火・辻風・遷都・飢饉・地震である。連続する天災と人災によって、人々は疲弊し尽くした。しかも、これらの災厄は、源平争乱の戦乱のただ中で、集中的に起きた。竹山広の生きた時代も、太平洋戦争、原子爆弾投下、敗戦、ベトナム戦争、雲仙普賢岳噴火、阪神・淡路大震災、サリン事件などと、混乱に継ぐ混乱の連続だった。

「畜生の分際で」と言えば、畜生の上位概念として「人間」を設定している。「子どもの分際で」と言えば「大人」、「人間の分際で」と言えば「神仏」を、それぞれ前提としている。バッハのカンタータではないが、「目を覚ませ、眠るな、起きていよ」と告げる斥候《ものみ》の声が、竹山の耳に聞こえてきた。「神を畏《おそ》れよ、天を怖《おそ》れよ。彼らは、すぐそこまで来ている」。神仏は、人間に思いもよらぬ幸福か不幸かの、どちらかを突然にもたらす。


帯文は縦書きされているが、各行の文字数は一定ではない。

ところで、竹山は、二〇一〇年三月三十日に逝去した。もしも竹山が元気だったならば、翌二〇一一年三月十一日の「東日本大震災」を、どう歌っただろうか。あるいは、あまりの惨劇に沈黙しただろうか。

「壊（く）えし神戸見しむれば見てわれはうたふ軽軽しよと人らいふとも」（『千日千夜』）。

「見しむれば」は、使役形で、「自分に見させたので」の意。誰が竹山に神戸の壊滅を見させたのか。天が竹山の目をして見しめたのだ。それは、「天意」である。だから、竹山は、自分が見たものを歌う。そういう竹山は、二〇一一年三月十一日の惨劇を、我が身に引きつけて歌ったはずだと思う。

テレビのニュースで映像を見ただけでも、竹山には、現場で何が起きているかを体感できた。それは、彼の原爆体験で目覚めていた感覚だった。

29

居合《イア》はせし居合はせざりしことつひに天運にして居合はせし人よ

【出典】『千日千夜』。

天運と運命

大災害に遭《あ》うか遭わないかは、その場に居合わせたか、居合わせなかったかの違い、たったそれだけの差である。それは、「人間の分際」では動かし得ない「天運」である。

ならば、居合わせなかった者は幸福で、居合わせた者は不幸だと、決めつけてよいのだろうか。

・行きて見しことなき神戸夜に入りて長崎の火をおもふまで燃ゆ

たまたま神戸に居合わせなかった竹山は、テレビで神戸の夜空を焦がす紅蓮の炎を見て、まさに五十年前に、長崎の夜空を焦が

【追記】

竹山が参加していた「ながさき短歌会」の合同作品集『短歌　二十三人集』（昭和六十三年五月）の「あとがき」に、竹山は書いている。

「人間に出会いの幸、不幸があるように、歌の上にもまた仕合せな出会いとそうでない出会いがある筈（はず）である。（中略）私に言えることは、この会がたとえ小さな集団ではあっても、固体のにおうすぐれた短歌をめざして自己励起する会であるということ

した原爆の炎を思い出したのである。

長崎にいた五十年前の自分は、今、神戸の被災地で不安に震えている人々と同じ心を持っていたことがあった。だから、今の神戸の人たちの心の震えが、長崎にいても自分にはありありとわかる。今、神戸にいる人々は、あの五十年前の八月九日に、長崎に居合わせてしまった人と同じ気持ちなのだ。

それは、悲劇を体験した者だけの「共感」では終わらない。映像の力は、日本中、いや世界中の人々を、一瞬にして、悲劇の現場へと引きずり込む。そして、短歌という文学表現の力によって、この悲劇に立ち合った、立ち合わされた人々の心が、映像よりも大きな衝撃力で、伝えられてゆく。これが、竹山短歌の本質である「記憶のリアリティ」の波及力である。
・運、不運、分《わか》るるは斯《か》かるときならむ冷たき門扉かちりと閉まる
災害とは無縁の日常生活の中にすら、「天運」が氾濫《はんらん》している。竹山短歌は、大きな門扉の前にたちすくむ「人間の分際」を歌い続ける。


だけである」。

「固体」は、「個体」の誤植ではなく、原文の通りである。「励起」が科学用語なので、「固体」という言葉が用いられたのだろう。それにしても、「固体のにおう」は、嗅覚に敏感だった竹山らしい表現である。

人間は、不運、悲運、悪運などと、出会いがしらに衝突することがある。その時にくじけず、逆境に真向かい、「自己励起」することで、「固体のにおう」短歌を作ることができる。

竹山短歌は、「語割れ・句またがり」の独特の音律を特徴としている。これは、定型詩である短歌が、「自己励起」するプロセスを、音律で示したものではないだろうか。

原爆も、結核も、貧困も、娘の自死も、どん底から「自己励起」することで、竹山を突出した歌人へと成長させる触媒だった。そう思えば、人間にとって、幸福と不幸は「紙一重」であることが、なるほどと理解できる。

30

ガラス戸に上下見えざる雨脚《アマアシ》の一徹に立ち霜月《オワル》をはる

【出典】『千日千夜』。

【追記】

正岡子規と竹山広の関係という点では、次の歌が参考になる。

「痰のつまりて死にたりしことその日よりひと月を経てわれは悲しむ」(『射禱』)。

この歌は、知人の病死を歌っているのだが、正岡子規の辞世の俳句、「糸瓜(へちま)咲いて痰のつまりし仏かな」を意識している。

竹山広と塚本邦雄は、共に大正九年生まれである。二人の間には、ある種

子規の「ガラス戸」短歌との距離

ガラス戸は、透明である。『アララギ』の源流である根岸短歌会を興した正岡子規は、晩年は病気のため、ほとんど寝たきりの日々だった。寒さをしのぐために、高浜虚子が、舶来のガラス戸を窓に入れてくれた。病臥している子規庵のガラス戸越しに、庭の光景を眺めながら、子規は「写生理論」を確立した。ガラス戸は、外界の真実をありありと見せつけてくれる。

・ガラス戸の外に咲きたる菊の花雨に風にも我見つるかも

(正岡子規『竹の里歌』)

戦後、『アララギ』に対抗し、「反写実」を標榜して前衛短歌の中心となった塚本邦雄の歌には、ガラスが外の景色を歪めて映す、という逆説が歌われることが多い。

・硝子越しの萬綠の幹、馬、左官われの愛せしものみなゆがむ
（『日本人靈歌』）

それに対して、竹山広の歌は、写実でも反写実でもなく、「記憶のリアリティ」を目指す短歌である。雨脚が激しすぎて、外の光景が何も見えない。見えていないのではなく、雨脚が見えているので、外界が見えないように見えるだけなのだ。

・暮れて降るつめたき雨や戦中のガラスを白くくだりたる雨

竹山は、外が暗くなってから降り続く雨を、ガラス戸越しに眺めていて、戦時中もまたこのような光景があったことを、思い出した。ガラス戸越しに世界を観察するのではなく、ガラスをフィルターとして「もう一つの世界」を幻視するのでもなく、ガラスに向かうことで、記憶を鮮明に蘇らせる。そこに、竹山の特色があった。竹山短歌は、近現代短歌の「第三の道」を切り拓いた。

の緊張関係があったと感じられる。

「金婚ののちも日のありつはぶきの群がれる葉に黄の花立ちて」（竹山『千日千夜』）。

「金婚は死後めぐり來む朴の花絶唱のごと蘂そそりたち」（塚本『綠色研究』）。

「金婚」と「花」の組み合わせ。竹山は塚本を意識しつつ、自分の人生観を強く押し出しているのがわかる。

「何方（いづかた）を離（さか）りかあらむタクシーに引き上げられしうらわかき脚」（竹山『残響』）。

「目に見えぬ無數の脚が空中にもつれつつ旅客機が離陸せり」（塚本『日本人靈歌』）。

「乗物」と「脚」の組み合わせ。竹山短歌は、塚本邦雄が日本の貧しい現実を直視し、弾劾した『日本人靈歌』の世界と親近性が高い。

竹山も塚本も、聖書を愛読した。文語訳聖書の文体から、二人の歌人の短歌の文体が作られた可能性もある。

31

サリン弾六〇発を廃棄せしアメリカがなほ隠しもつ毒

目には目を、毒には毒を

アメリカは、昭和二十年八月に、広島と長崎に原子爆弾を投下した。昭和五十二年に化学兵器禁止条約を批准《ひじゅん》したアメリカは、二十一世紀になってからも化学兵器の廃棄を進めている。だが、サリン弾を廃棄しても、まだ大量に人類を殺戮できる兵器を持っているだろう、と竹山は考える。「なほ隠しもつ毒」の「毒」は、「サリン弾」の縁語なのだが、「文明」という名の猛毒なのでもある。巨大なる毒と、竹山はどのように向かい合ったのか。

・鳴る水に今日ちからある時津川わたりゆき毒のごときを言はむ

【出典】『千日千夜』。

【追記】

最晩年まで、竹山は「毒」にこだわった。遺歌集『地の世』には、「日の暮になりてにはかに元気出づ毒強き歌三首作りて」という歌がある。

毒に満ちた現代世界を生き抜くには、それと対抗する「毒」が体内（魂の内部）に育っていなければならない。

ところで、私が所持している『一脚の椅子』は長崎の古書店で購入したもので、どういう人物かは不明だが、以前の所有者の書き込みがある。

自宅近くの川の流れの高まりに力を得て、これから外出して、公の場で、短歌論を話すのであろうか。自分自身の口から飛び出す言葉のことを、「毒」に喩えているのだと考えたい。竹山短歌は、ことごとく毒である。

・暗がりに水求めきて生けるともなき肉塊を踏みておどろく
（『とこしへの川』）

「肉塊」は、近代文明の生んだ猛毒としての原子爆弾を浴びた瀕死の人間たちである。彼らを思わず踏んでしまった竹山の心に湧き上がった驚きは、文明悪への怒りだけでなく、彼らを踏んでしまった自分自身への悔いでもある。踏まなくては、文明という毒の水源にはたどり着けなかった。

・本棚のかげに逃げ込みしごきぶりが浴びたる致死量十倍の毒

竹山が自分の外側へも内部へも向けた短歌の毒を、読者はもろに浴びる。『致死量十倍の毒』を浴びたのは「ごきぶり」だけでなく、読者も同じなのだ。書物の中や、光の射さない洞窟の中に逃れても、文明の毒は追いかけてくる。死の訪れのように。

扉には、鉛筆書きで、「身体事情、兵の日、原爆。かさなった。死のイシキの深まり。つらい歌が多くなった」という書き込みがあり、少し空けて、「もっと意地悪な歌を」と記されている。この「意地悪」は、毒に通じる。

誰が、いったい何のために、このような文章を、他人の歌集の扉に書き付けたのだろうか。この本の以前の所有者は、竹山の歌を深く読み込んでいて、良いと思った歌に「○」、とても良いと思った歌に「◎」を付けている。「△」や「×」はない。

この人物は、何かの折に、竹山から話を聞く機会があったのではないか。「もっと意地悪な歌を作りたい」と言ったのは、竹山本人かもしれない。

「かかる夜ふけ総身に灯を点（とも）しゆくいかなる毒を運ぶトラック」（『千日千夜』）という歌は、世界に充満する毒を中和するために、夜ごと「毒のある短歌」を創作する竹山の姿を、トラックに喩えているかのようだ。

32　医者にかかりし覚えがなしといふ人の後ろにも死は近づきをらむ

【出典】『千日千夜』。


【追記】

『千日千夜』に、死の到来が突然であることを詠んだ歌がある。「盗人のごとくくる死に備ふべき老人と妻氷菓（ひようくわ）を舐（ねぶ）る」。「氷菓」は、アイスクリームか、それともシャーベットか。この「盗人」の比喩は、『徒然草』ではなく、『聖書』由来かもしれない。

『徒然草』と言えば、「言ふだけの老人とどこが違ふのか言ひ捨ててなほ腹のふくるる」（『射禱』）という歌がある。

『徒然草』の死生観

『古今和歌集』に、「いかならむ巌《いはほ》の中に住まばかは世の憂《う》きこと の聞こえ来《こ》ざらむ」という、詠み人知らずの歌がある。どんな山奥や洞穴の中に隠れても、老いも、病も、そして死も、すべての人間の前に、平等に押し寄せてくる、というのだ。31で紹介した「本棚のかげに逃げ込みしごきぶりが浴びたる致死量十倍の毒」という歌と同じである。

「死の前の平等」という厳粛な真実を、竹山は原爆投下で知ったし、結核との闘病でも「病の前の平等」を痛感した。けれども、人間は情けないことに、四苦《しく》（生老病死《しょうろうびょうし》）の訪れから、この自分も免れないという真実を、ふだんは忘れている。

『徒然草』の第百三十七段には、こうもある。

世を背《そむ》ける草の庵《いほり》には、静かに水石《すいせき》を翫《もてあそ》びて、これを余所《よそ》に聞くと思へるは、いとはかなし。静かなる山の奥、無常《むじやう》の敵《かたき》、競《きほ》ひ来《きた》らざらんや。

「無常の敵」とは、命の終わりを知らせる強敵、すなわち「死」の比喩である。竹山の死生観は、『徒然草』と近い。

だから、「人の後ろにも死は近づきをらむ」という歌は、『徒然草』第百五十五段の「死は、前よりしも来《きた》らず。かねて後ろに迫れり」を踏まえている。兼好は、無常を乗り越えるために、「今」を充実して生きることの大切さを説いた。次の歌にある「一念」という言葉は、まさにそのことを言おうとしている。そして、竹山は、今の「一念」を託すに足る「一語」を求めてやまなかった。今の一念が、無常を越え、「とこしへ」に到る唯一の道なのだ。

・咲《ひら》かせむため剪《き》られたる芍薬にひらかむとする一念うごく

これは、『徒然草』第十九段の、「物言はぬは腹ふくるるわざなり」を踏まえている。言いたいことを言わずにいても、口に出しても、体内に不満がたまる、という意味である。

「カーテンに春あけぼのの色うごきいかなる神を今日われは見む」（『遐年』）という歌は、『枕草子』の冒頭文、「春は曙」を重ねている。清少納言も、また辛辣な文学者だった。

私は『源氏物語』の研究者なので、『源氏物語』の本歌取りがあれば必ず気づく。竹山短歌には、『源氏物語』からの直接の影響はないようだ。

だが、竹山短歌が『源氏物語』と無関係というわけではない。光源氏の人生の最大の分岐点は、須磨巻と明石巻で吹き荒れる大暴風雨と大雷雨だった。私には、これが竹山の被爆体験であり、その後もたびたび竹山には雷雨が襲いかかったのだと思える。影響関係はないが、対応関係はある。

33

天変は明日《あした》フロリダみつみつと草生《クサフ》をわたる蟻の軍隊

【出典】『射禱』(『竹山広全歌集』)。

【追記】

『竹山広全歌集』に含まれた『射禱』は、四百五十七首を収録。平成十一年五月八日、ながらみ書房と雁書館の共同発行。本書の製作のため、「竹山広全歌集刊行委員会」が作られ、佐佐木幸綱・築地正子・石川不二子・伊藤一彦・俵万智が、委員になった。

事務局は、地元長崎の馬場昭徳。装幀は、『とこしへの川』以来の小紋潤。佐佐木幸綱が、長文の解説を寄せている。その中の言葉が切り出されて、帯

「射禱」と「天変」

第六歌集『射禱《しゃとう》』を含む『竹山広全歌集』は、平成十三年、八十一歳の刊行である。雁書館と、ながらみ書房の共同出版で、翌年には、迢空賞、斎藤茂吉短歌文学賞、詩歌文学館賞、長崎新聞文化章を受けた。竹山短歌が、ついに歌壇の中央に押し出てきたのだ。賞の対象は第六歌集だが、それ以前の五冊の歌集も一緒に収録されているので、『とこしへの川』以来の竹山広の全歌業が受賞したのだと考えてよい。

ながらみ書房の社主である晋樹《しんじゅ》隆彦は、歌人でもある。竹山の

価値を最初に見出した評論「原爆短歌の発見──竹山広論」を、『心の花』昭和五十一年八月号に発表している。竹山が中央の歌壇で顕彰されるには、出版人としての晋樹の功績が大きかった。

『射禱』というタイトルの意味について、竹山は「あとがき」で、「カトリックの信者が日常唱える特別に短い祈りのこと」で、「文字通り天に射込むように発する祈り」だと説明している。

これまで詠まれてきた竹山短歌の一首一首が、天に向けられた「射禱」だったのである。ちなみに、竹山と同じ一九二〇年生まれの歌人に、塚本邦雄がいる。塚本の第六歌集『感幻樂』に、「レオナルド・ダ・ヴィンチに獻ずる58の射禱」という連作がある。その塚本の第十二歌集は『天變の書』である。

竹山の歌集『射禱』に、「天変」の歌があるのは、偶然ではないだろう。天変のようなクーデターを、明日、アメリカのフロリダで、蟻の軍隊が起こすかもしれない。「蟻の軍隊」は、太平洋戦争で敗北した日本兵たちの比喩だろうか。これは、「記憶」ではなく、「予言」の射禱である。

文として印刷されている。

刊行委員の一人である築地正子（つじ・まさこ、一九二〇〜二〇〇六）の名前は、『定本　竹山広全歌集』に何度も登場している。熊本で永く活躍した築地は、竹山と同じ大正九年の生まれである。戦前の『鶯』以来の歌友だった。

築地は『心の花』昭和五十六年十二月号に、「『とこしへの川』浅読み」という、非常に深い内容のある書評を書いた。築地は、竹山の原爆短歌が五十六首と少ない点に注目し、「多くの歌を捨てて、五十六首にしたことは竹山氏の文学的良心からだと見たい」と洞察した。「孤高の歌人」と言われる築地なればこそ、竹山の孤高を理解しえたのだろう。

築地は晩年に熊本を離れ、私の居住する西東京市で逝去した。訃報を新聞で読んで、「こんな近くに住んでいたのか」と驚いた記憶がある。

34　うたふ何もなき日常と侮るな何もなきあしたゆふべこそうた

日常にこだわる

竹山広は、単行本となった短歌評論書を書いていない。02で紹介したように、戦前には『鶯』誌上で短歌批評を発表したし、戦後にも、所属していた『心の花』でエッセイや書評を書いている。ただし、第一歌集の出版が六十一歳の時だったので、若い頃から短歌総合誌に評論を書く歌人たちとは別の道を歩んだ。

だが、読者は竹山の短歌そのものに満足する。おそらく、竹山の短歌は、それ自体が「批評」だったのであり、短歌作品以外の短歌理論は、取り立てて必要とされなかったのだろう。多くの歌

【出典】『射禱』。

【追記】

晩年の『眠ってよいか』に、竹山が歌とは何かをテーマにした歌がある。

「旅は歌の宝庫ぞとある旅の字を日常に換（か）へゆづる気のなし」。

「日常は歌の宝庫ぞ」とは、まことに強烈なマニフェストである。

日常と言えば、同じ『眠ってよいか』に、不思議な魅力の漂う歌がある。

「風におさへられゐし薔薇がひよっこりとわれに上げたる白の幼なさ」。

この歌は、29の「追記」で紹介した「自

人は、自分がこれから作りたい短歌の理想や、これまで作ってきた短歌の存在価値を明らかにするために、歌論を書く。

竹山の場合には、被爆、闘病、養鶏、娘の死などという、厳しい現実が「日常」として存在した。その日常をどう歌うかという点に、竹山の戦いがあった。「射禱」として、天を射貫く気概を持った短歌作品が、かくて生まれた。

ここに、大きな問題が潜んでいる。被爆体験も、闘病体験もない人たちが、「竹山短歌」を「継承」することは可能なのか、ということである。竹山短歌には、世界悪に対して反撃するという、強固な「歌の根」があった。けれども、心配は、いらない。私たちは、誰しも、「自分の根」を持っている。「根」のない人が、そもそも言の葉を発芽させる短歌に関心を抱くことはないだろう。

・かがやける若葉のこゑのきこゆるとおもふ楓の下をよぎりつ

こんなささやかな日常の中に、歌の根がある。世界の発する「こゑ（声）」を聞き届けるという竹山の意志は、継承することが可能であるし、継承せねばならないと思う。

己励起」という言葉と関わるのだと思われる。風圧で屈（かが）んでいた薔薇が、ひょっこりと起き上がって、可憐な白さを見せた、というのである。風が止んだから、起き上がったのではない。

風に耐える「自己励起」の力が、勢いよく花を起き上がらせたのである。薔薇の白が匂ったのは言うまでもなく、「固体のにおう短歌」の見事な具体例となっている。この歌には「日常」という言葉こそないものの、日常の「励起力」が歌の要だと主張している。

『遐年』には、「正確に表現せよと佐太郎の受売りをうまきところにて決む」という歌がある。昭和十七年十一月号の『鶯』で、二十二歳の竹山は、佐藤佐太郎の『軽風』を論じて、「二十歳そこそこの若さでよくこれまでに感動を整理し豪（ママ）も浮いた態度の見えないものだと驚嘆させられる」と称賛している。「浮いた態度の見えない」歌境を、竹山も手に入れた。

35

行きてかの坂を登らむ墓の子に八十歳のこころを言はむ

死者と共に生きる歌

竹山の長女のゆかりは、昭和二十七年に生まれ、昭和五十三年に、二十六歳で自ら命を絶った。竹山は五十八歳だった。それから二十二年の歳月を、竹山は生きた。娘が亡くなったのは、竹山の第一歌集『とこしへの川』が刊行される三年前だった。ゆかりは、歌人としての竹山広の歩みを、娘として目撃できなかった。

だが、娘を思う父の心の中で、死んだゆかりも、成長し続けた。歌壇で無名だった父は、迢空賞などに輝き、『とこしへの川』は文字通り、「永遠＝不朽」の歌集となった。

【出典】『射禱』。

【追記】

竹山は、ゆかりが亡くなってから五年目に、「なれの死後生きし五年に五歳老いこの後の老（おい）想ひみがたし」（『葉桜の丘』）と歌った。六十三歳の時である。その竹山も今や、八十歳。「想ひみがた」かった老いを、竹山は体験してきた。

さらに、四年後の八十四歳で、竹山は第七歌集『遐年』を刊行した。そこにも、亡き娘を詠んだ歌がある。「無精髭のわれをあるとき叱りたる娘よ夢

父から「八十歳のこころ」を告げられたゆかりの魂は、二十六歳のままではなく、早くも「四十八歳」になっている。

・生き得ざりし汝《な》が歳月を生かさるる父ぞと思ひつつ老いてきぬ

原爆で死んだ義兄や、若くして死を選んだ娘と会話しつつ、「死者の生を生きる」歌を、竹山は作ってきた。だから、その歌の中で、死んだはずの義兄や娘もまた、自分の生きられなかった世界を生きることができる。相《あい》も変わらず、混沌として美しくない世界ではあるが。

・花合歓の下に涙出づかの墓にこののち登ることあらざらむ

急速な体力の低下で、娘の墓へはもう来られないかもしれないと、老いた父は嘆いている。だが、歌の言葉を手向け続けることはできる。竹山広は、苦しみながら原爆の歌を歌うことで、突然の死を遂げねばならなかった無数の被爆者たちに、「生」をもたらした。自分の魂の奥底まで降りていって、「とこしへの川」に浮かんでいる亡き人の魂を「記憶」として掬い上げ、持ち帰って言葉を与える。それが、竹山の歌人としての日常なのだった。

に出（い）できて叱れ」。

それにしても、亡き娘に告げようとした「八十歳のこころ」とは、何だったのだろうか。

竹山は、八十二歳の時に、「あと三年生かしたまへと欲ふかくこひねがひたる三年終る」と歌っている（『遐年』）。

引き算すると、七十九歳。八十歳を目前にした時に、「あと三年」、ぜひとも生きたいと願ったのだ。

七十九歳の時には、長崎で『心の花』の全国大会が開催された。ただし、この年に刊行された第五歌集『千日千夜』は、残念なことに、短歌界の賞を受けられなかった。

この頃、『心の花』のメンバーで、未刊歌集『射禱』を含む『竹山広全歌集』の企画が具体化し、そのため、竹山は「あと三年」生きたいと願ったのではないか。そして、『竹山広全歌集』は刊行され、短歌界の賞を総ナメにした。「八十歳のこころ」は報われた。

36

補聴器に入るおのが声ちからあり伊藤一彦の声のごとくに

【出典】『射禱』。

人名を詠みこんだ短歌

この歌は、伊藤一彦の名前を、面白く詠み込んでいる。伊藤は、竹山と同じ『心の花』の歌人で、若山牧水の研究者としても名高い。宮崎を拠点として、エネルギッシュに活躍している。伊藤の大きくて健康的な声を聞いたことのある人は、竹山の歌に、思わず破顔一笑してしまう。「声」という一語で、伊藤の本質をスケッチしている。竹山の歌には、しばしば実在の人名が登場する。

・阿木津英と石田比呂志の年齢《とし》の差のあなかなしゑと言ひて寝《い》ねずき（『葉桜の丘』）

【追記】

竹山の歌には、国内外の著名な政治家の名前が、かなりの頻度で出てくる。多くは、批判的に揶揄されている。それに対して、歌人仲間には温かい。

「俵万智四十歳の日の歌をおもふしきりに快感わきて」（『残響』）。

この歌の時点で、俵はまだ二十代である。俵のサラダ短歌と、竹山短歌には、独特の「語割れ・句またがり」という共通点がある。そこに、竹山は快感と期待を感じたのだろう。

石田比呂志《ひろし》は、福岡県出身、熊本在住の歌人で、一九三〇年の生まれ。『牙』を主宰した。舌鋒鋭い評論は、無敵の観があった。阿木津英《あきつえい》は、一九五〇年の生まれで、現在は『八雁《やかり》』主宰。二人は歌の師弟であり、同志であり、一時は夫婦だった。

竹山の全作品を通読すると、『心の花』の主宰・佐佐木幸綱の名前が最も多い。その次は、小池光だろう。

・小池光が殺しそこねし佐野朋子不知火町にたちあらはれつ

（『一脚の椅子』）

この歌では、小池の話題作「佐野朋子のばかころしたろと思ひつつ教室へ行きしが佐野朋子をらず」（『日々の思い出』）に、竹山が興じている。「不知火町《しらぬい》」は、佐野朋子という架空の人物が姿を現すのにふさわしい地名である。ユーモアと虚構の絶妙のブレンド。そう言えば、自分にも「ころしたろ」と思いながら、まだ殺しそこねている人がいたな、と竹山はにやりと笑う。

・銭になるはなし以外はせぬといふ男をころしやうやく眠る

（『一脚の椅子』）

「名前」と言えば、自分の名前や、同姓同名をテーマとする歌もある。

「竹山広を竹山廣と書かさるる八十九歳たふとき地の世」（『地の世』）。竹山広の本名（戸籍名）は、「竹山廣」なのである。「隣り町の竹山廣は明誠高校長となり顔写真出づ」（『射禱』）。県立長崎明誠高校は、平成十年に現在の校名となっている。

「幼女殺害犯と同姓同名の君にいはれなきくるしみあらむ」（『残響』）。平成元年に犯人が逮捕された「東京・埼玉連続幼女誘拐殺人事件」の犯人と同姓同名の知人がいたのだろう。

『定本　竹山広全歌集』を通読すると、古い友人や歌人仲間の実名は、たくさん詠まれている。だが、妻や子どもの名前は、一首も詠まれない。「ゆかり」という名前も出てこない。

「死にし子と同じ名をもつ歌人（うたびと）の顔佳（よ）くてまた歌のすぐるる」（『千日千夜』）。小島ゆかりのことである。

37

わが知るは原子爆弾一発のみ一小都市に来しほろびのみ

【出典】『遐年』。

【追記】

第七歌集『遐年』は、平成十六年七月十日、柊書房刊。六百五十首を収める。装幀は、加藤智也。加藤は、柊書房から刊行された塚本邦雄の『詩魂玲瓏』(平成十年)の装幀も担当している。

歌集『遐年』の本体やカバーは、竹の葉の色をしている。これは、「竹遐年友」(竹は遐年の友たり。竹は長生きした自分の古くて永い友だちである)という諺に因んでいるのだろう。「竹遐年友」という四字熟語は、しば

具体という普遍性

第七歌集『遐年《かねん》』の意味は、「長寿」。平成十六年、満八十四歳での刊行。竹山の創作意欲は、依然として衰えない。

この歌では、「一発」と「一小都市」というように、「一」という漢数字のリフレインが効果的である。自分は、無限大の広がりを持つ宇宙の中の一つの星である地球の、何十億もの人が住む中の日本国に生まれ、その西端の長崎県で生まれ、育ち、死んでゆく、それだけの存在である。だから、八十四年の永い人生で、原子爆弾一発が一小都市の長崎上空で炸裂し、多くの人々が死んだ

ことを目撃したに過ぎない。

この歌は、人間の認識の狭さや小ささを卑下しているのではない。日本の各地で、世界の各地で、宇宙のあちこちで、危機と破滅につながりかねない事件や事故が起き続けている。その中の一つを、自分は体験した。この「一」に徹することが、竹山広にとっての短歌の道だった。

「一小都市」の反対語は「宇宙」だろうか。無限大の宇宙ですら、必ず「ほろび」の時が来る。壮大なスケールで起きる宇宙の滅亡を、自分は長崎の破壊という、凝縮した姿で見届けることができた。「一」は、世界の始まりであると同時に、世界の全体、さらには世界の終わりを示す数字でもある。竹山短歌の中には、世界と宇宙の真実のすべてが凝縮されている。だから、読者は竹山の短歌を読むことで、「自分さがし」の旅をスタートできる。
・顧みて思へばわれはおほよそにこころ湧きたつことを歌はず
思えば、苦しくて辛い歌の道だった。だが、その道は、世界の根っこと、人間存在の根っこを探り当てた。


しば古典和歌の題にもなっている。

また、表紙カバーには、「千秋萬歳」という漢字四文字が記された古い瓦がデザインされている。「千秋萬歳」は、「せんしゅうばんざい」、「せんしゅうばんぜい」、「せんじゅまんざい」、「せんずまんざい」などと、さまざまに発音される。長寿と繁栄をことほぐ、おめでたい言葉である。

帯文には、「自在な心が紡ぎ出す歌は、ますます／自在な姿となり、軽やかな中に奥深い／〈たましひの呟き〉を沈潜する。／迢空賞等三賞受賞後の注目の新歌集。」とある。

『老子』には、「功成り、名遂げて、身退くは、天の道なり」とあり、我が国では謡曲などに、好んで引用されている。

竹山広は、歌人として、功成り、名遂げたけれども、なお、身は退かず、竹山は「天の道」にも通じる短歌を作り続ける。

38　これをなし遂げて死なむといふことのなき朝朝の首の重たさ

【出典】『遐年』。

石川啄木を好む

竹山は、私立海星中学の頃に石川啄木を好み、短歌に目覚めたという。01で述べたように、十六歳の時に、長崎公教神学校を退学して、神父になる道を断念した。この挫折の思いが、啄木と相通じるものがあったのだろうか。

この歌も、啄木の、「こころよく／我にはたらく仕事あれ／それを仕遂げて死なむと思ふ」（『一握の砂』）を踏まえている。

・きのふ空穂忌けふ啄木忌蘇りたるキリストは一昨日《をととひ》にして
（『葉桜の丘』）

【追記】
竹山は、一九九九年刊行の第五歌集『千日千夜』の「あとがき」の中で、「啄木のもの真似で始めた歌とも六十年かかわってきた」と、述懐している。
この時の竹山は、七十九歳である。引き算すると、十九歳の竹山は、石川啄木に憧れ、そのエピゴーネンとして短歌を作り始めたということになる。
竹山の年譜には、「昭和十四（一九三九）年　十九歳　中学卒業と同時に、福岡地方専売局長崎出張所に勤務。木

窪田空穂《うつぼ》の命日は四月十二日、啄木忌は四月十三日、復活祭は年によって変動するが、一九八二年（昭和五十七年）は四月十一日だった。三日続けて、竹山にとって大切な日が続いたのだ。

・飛行雲述志のごとく曳《ひ》くみればいかなる壮《わか》きたましひわたる

どことなく、啄木の「飛行機」という詩の一節、「見よ、今日も、かの蒼空《あをぞら》に／飛行機の高く飛べるを」を連想させる。それとも、戦争に散った若者たちを鎮魂しているのだろうか。

啄木と竹山の最大の共通点は、深刻な「社会詠」を、定型詩である短歌で歌った点にある。竹山の被爆体験は、啄木の大逆事件体験と対応する。竹山の「一矢報いる」志は、啄木の革命思想と近い。数えの二十七歳で、無名のまま死んだ啄木を、かつて彼の師だった与謝野寛（鉄幹）は、こう歌った。

・死して後世《のち》に知られたる啄木を嬉しとぞ思ふ悲しとぞ思ふ

竹山広は、幸いにも生前に文学賞を受け、顕彰された。私たちがこれから竹山短歌を歌い継げるかどうか。そこに、二十一世紀で、竹山が啄木と肩を並べられるかどうかが、かかっている。

下利玄、斎藤茂吉を知り、歌への傾斜を強める」とある。

木下利玄や斎藤茂吉に出会うそもそもの契機が、石川啄木の短歌への関心だったのだろう。

そう思って、02の「追記」で紹介した、竹山の「初期作品」を読み直してみると、確かに啄木の詠みぶりを彷彿（ほうふつ）とさせるものがある。

「ふとここが歩きたくなりて出で来しが暮れの舗道の日差しの温さ」、「酒をすこし飲まむとおもひ昇給の辞令を懐（いだ）き夜の町に出づ」。

基本は文語なのだが、口語の雰囲気が濃厚に漂い、独特の情感が湧き上がってくる。「ふとここが歩きたくなりて」の部分は、啄木が愛用する「何となく」という言葉を連想させる。

「酒」の歌は、ずばり啄木調である。ただし、竹山は酒に飲まれることはまったくなく、酒にだらしなかった啄木とは、正反対だった。

39

恐れたりしものぞなつかし犬狩りが犬を捕ふるときの早業《ハヤワザ》

【出典】『遐年』。

【追記】
犬は、猫と違って、飼い主に対する忠誠心が強い。だから、犬を見れば、その飼い主の人柄がよくわかる。

「この家の主（あるじ）を好まざるわれを知りゐて犬の吠（ほ）ゆるにかあらむ」（『残響』）。

「われ＝竹山」が「この家の主」を嫌っているだけでなく、「この家の主」の方でも、「われ＝竹山」を好まないので、その飼い主の心に忠実な犬が、竹山に向かって吠えかかるのである。

犬の歌

現在、ある年齢以上の人たちは、かつて狂犬病が猛威を振るっていた頃に、飼い主のいない野犬を捕獲する人々を、何度も見かけた記憶があるだろう。

・死の自由われにもありて翳のごと初夏《はつなつ》の町ゆく犬殺し

（塚本邦雄『日本人靈歌』）

前衛短歌の塚本邦雄も、竹山広も、「犬狩り・犬殺し」に「死」のイメージを持たせているのだが、それぞれ、「死の自由」、「なつかし」などと、複雑な心情を歌っている。

死が生を捕捉する一瞬の早業《はやわざ》は、32で紹介した『徒然草』第百五十五段の死生観とも共通する。竹山の歌の「犬」は人間、「犬狩り」が運命や死の象徴となっている。

・胃袋の満ちてむかつく少年のやうにしづかに立ちあがる犬

（『千日千夜』）

佐藤春夫の小説『西班牙《スペイン》犬の家』を連想させるが、竹山は幻想ではなく、現実を描いている。ただし、「むかつく少年のやうに」の「やうに」が、効果的である。これによって、「犬＝少年」がむかつきながら立ち上がる瞬間が、的確に摑み取られた。写実的に現実を描くことは、幻想を描くことでもあるのだ。

・通るたびに咎めくるかの番犬に笑ふ顔あらばおそろしからむ

（『眠ってよいか』）

「笑う犬」というテレビ番組もあった。人面犬騒動もあった。笑いながら咎める犬の顔ほど、恐ろしいものはないだろう。原爆一発で、平和な日常の暮らしが一瞬にして廃墟となった。その時、運命の神は笑っていたのかもしれないと、竹山は疑っている。

人間が突然に犬に激しく吠えかかられるという「不条理」に直面した竹山は、犬に吠えられる必然性を発見して、心の落ち着きを得た。

「にほひにて敵意を知るといふ犬に見えぬうちから我は吠えらる」（『一脚の椅子』）。竹山の敵意が、犬に感知されたというのだ。

だが、この歌は、犬と竹山、犬の飼い主と竹山の関係だけを歌っているのではないだろう。不条理な世界、不如意な人間世界に対して竹山が抱いている違和感や嫌悪感が、世界の側に忠実な番犬に見破られてしまうのである。

「門の奥ふかく猛犬を繋ぎゐる人と一生われつき合はず」（『千日千夜』）。心の中に「猛犬」を飼っていて、ことあらば他人を威嚇しようとしている人間もいる。「猛犬を繋ぎゐる人」を、核兵器を隠し持つ国家の比喩と取っても、十分に通用する。だから、日常詠は社会詠であり、竹山の世界観を如実に反映しているのである。

40

人間の世に魔界ありしばしばも扉をひらくことある魔界

【出典】『遐年』。

【追記】

「人間の世に魔界あり」の歌の少し前に、気になる一首がある。

「雲を出（い）でまた入（い）る月を見上げゐるこころを連れて戻る臥床に」。

夜空を渡る月が、雲に隠れたり、雲間から出たりして、仏界と魔界を往還している、というのだろう。

それにしても、「こころを連れて」戻ってきた、という表現が面白い。竹山の「こころ」が、月にあくがれて身

仏界入り易く、魔界入り難し

川端康成は、ノーベル文学賞受賞記念講演である「美しい日本の私――その序説」（昭和四十三年）の中で、「仏界入り易《い》く《やす》、魔界入り難《がた》し」という禅語を紹介している。竹山の人生には、原子爆弾の投下、結核による死の覚悟、娘の自死など、「魔界の扉」が何度も口を開けた。この「魔界」と「仏界」は、どういう関係にあるのだろうか。

原爆を歌った第一歌集『とこしへの川』は、何と戦後三十六年目の刊行であり、竹山にとっての短歌表現は、まさに「入り難い

魔界」だった。長崎で被爆した多くの人は、魔界が大きな扉を開いたのを見たはずである。だが、そのことを短歌・俳句・小説・評論・美術・音楽・戯曲で問うた人は、多くなかった。

魔界の扉が開いた瞬間に見た出来事を、記憶すること。長い時間をかけて、何度も記憶を呼び覚まし、言葉として表現し、魔界の入口がいつ開くかわからない事実を、人々に警告すること。自分でも忘れないこと。ここに、竹山短歌の入口と出口があった。
・寝返りし耳にきこえて奔《はし》る血の黄泉のなぎさのごときま近さ
耳の血流を、黄泉《よみ》(死者の国)の海辺に打ち寄せる波の音に喩えた「黄泉のなぎさ」は、魔界の別名としての「異界」である。竹山は、魔界を心の中に抱えて、平和な戦後日本を生きた。魔界への通路である夢の中で、何度もうなされた竹山は、夢の記憶を、「短歌」で表出した。それが、戦後日本の平和を相対化した。
・一生のところどころで死ぬ覚悟したりし男夢に声あぐ
三人称の「男」は、一人称の「我」と同じ意味である。魔界の恐ろしさ、魔界を内包した日常の恐ろしさを、竹山は歌った。


体から脱けだしてさまよい、ふと気づいたならば、異界へと入りかけていたのだ。どことなく、西行を思わせる。

『遐年』には、「『老いてこそ人生』といふ本を積み異界のやうに明るい本屋」という歌がある。『老いてこそ人生』(幻冬舎)は、石原慎太郎の著書。本屋の照明の明るさが「異界」を感じさせたのか、『老いてこそ人生』というタイトルが、異界なのか。

慎太郎を詠んだ歌の直前には、「釈迢空を折口信夫と教へくれし新殺(あらた・つよし)よ還り来ぬ兵よ」とあるので、竹山の「異界」は折口民俗学と関連するのかもしれない。

「異界」の反対概念は、「人界」。『千日千夜』には、「網戸一枚もて人界を隔つれば闇のあくびのやうな風あり」とある。網戸一枚を隔てて、家の中が人界、家の外が異界である。異界は、「闇のあくび」のような魔物の息づかいを聞かせ、隙(すき)あらば風となって人界に侵入してくる。

41

ひとり死にひとりまた死にああ誰か死に遅るるをおそれざりしや

【出典】『空の空』。

【追記】

第八歌集『空の空』は、平成十九年八月十五日、六十二回目の終戦記念日に、砂子屋書房から刊行。五百十三首。装幀、倉本修。

帯文には、タイトルの由来である、「空の空その空の空さらにその空に空あるものぐるしさよ」という歌が印刷され、「熟達の第八歌集」と銘打たれている。

歌集は「そらのそら」と読む。ちなみに、堀田善衞（ほった・よしえ）の

恐れという感覚を麻痺させるな

第八歌集『空の空』は、平成十九年、満八十七歳での刊行である。数えの米寿である。竹山は、老いてなお、日本社会を覆う魔界の闇を、凝視し続ける。この歌の詞書《ことばがき》には、「男女七名車内心中、一首」とある。平成十六年十月、埼玉県皆野町《みなのまち》で起きた事件は、竹山をいたく恐れさせた。18で述べたように、「おそれ」や「おそる」は、竹山短歌のキーワードである。

車の中で練炭自殺した七人は、なぜ死を恐れなかったのか。自分以外の人が次々に死んでゆく事実に、なぜ無関心だったのか。

・原爆症にいのち死にゆきし誰もたれも怖れつつつひにすべなかりけむ
（『とこしへの川』）

・肺結核のわれをことごとに怖れたる君らは若く死にてしまへり
（『残響』）

どんなに怖れても、迫りくる死を免れない。だからと言って、死を怖れる感覚は、麻痺しない。そう、竹山は思ってきた。

ところが、男女七名の集団心中事件は、竹山を驚かし、怖れさせた。今の日本では、死を怖れるという人間の感情が麻痺し、錆《さ》びつき始めている事実が、はっきりしたのだ。自らの死を怖れない人間は、もはや他者の死など怖れはしないだろう。恐怖の感覚を失えば、「今、ここ」で生きる喜びも、感じられなくなる。

・みづからをクローン人間にあらずやと思ふをののきはいつ人に来む
（『遐年』）

人類と現代日本が直面している最大の問題点は、怖れの喪失にある。現に、私たちは、二〇一一年三月十一日に心の底から打ちふるえた、「あの恐怖」を、もう忘れかけてはいないだろうか。

著作『空の空なればこそ』は、旧約聖書の『コーヘレスの書』（伝道の書）を踏まえており、「くうのくうなればこそ」と発音する。「空（くう）の空（くう）なる哉（かな）。都（すべ）て、空（くう）なり」と、『コーヘレスの書』にはある。かなり、有名な言葉であり、我が国の中世文学における無常観とも通じている。

ただし、竹山本人は、弟子の馬場昭徳が証言しているように、「そらのそら」のつもりだった。各地の図書館でも、「そらのそら」で検索できる。

なお、この「空の空」の第五句の「ものぐるしさよ」という表現は、『徒然草』序段の、「あやしうこそ物狂ほしけれ」を踏まえているのではないだろうか。竹山と『徒然草』の関係については、32で指摘したことがある。

もう一つ言えば、『眠ってよいか』の、「うち伏しし家より空を蹴上げゐし二本の足よ　しやうがないことか」の「空」のルビは、「くう」である。

42 『竹山広全歌集』にふたつある誤字を気にすることも死なば終らむ

【出典】『空の空』。


【追記】

明らかな誤字が、没後刊行の『定本竹山広全歌集』にある。

「築地正子ゐまさぬ寒きこの星は音なき雨を二夜かさねつ」（『空の空』）。

単行本歌集『空の空』でも、「ゐまさぬ」と印刷されている。

この「ゐまさぬ」が、明らかな誤字なのである。存在を表す動詞「ゐる」の丁寧語は「ゐます」だが、その尊敬語は「います」である。

ただし、この誤字は『竹山広全歌集』

誤植と誤字を恐れる

竹山広は、印刷店を経営して家族を養っていたので、誤字や誤植には敏感だった。

・ストライキせざるを得ざる檄文の陶然として誤字を混ふる
（『とこしへの川』）

『竹山広全歌集』は、33で説明したように、未刊の第六歌集を含む全歌集であり、歌壇から高く評価された。その大著の中に、二箇所の「誤字」があったというのだ。自分の人生に、二つの汚点があるのと同じくらいに、竹山は苦しんだ。

言葉に厳密だった竹山が「誤植」と書いていないので、印刷所のミスではなく、本人の責任による「誤字」なのかと思われる。

竹山の没後に、第十歌集までを網羅する『定本　竹山広全歌集』が刊行され、これが決定版となった。竹山が気にしていた「ふたつの誤字」を特定しようと、私は目を皿にして『竹山広全歌集』を熟読したが、わからなかった。現在は「あるいは」と表記する歴史的仮名づかいを「あるひは」と印刷してあるが、これは近代の慣用なので、誤字ではない。「がんばれ」も、「ぐわんばれ」「がんばれ」と両方の仮名づかいがあり、これも誤字ではない。

ただし、「誤字」ではないが、文語文法の乱れには何箇所か気づいた。「ぞ」の結びが連体形でない例は、18で述べたことがある。また、「這伏《はふふく》」というルビに無理があることは、05で指摘した。次の歌は、文語と口語がチャンポンになっている。

・一分間に飢ゑて死ぬ二十人の子が死ななくならむときの人類

（『千日千夜』）

以後の歌であり、竹山が気にしていた二つの誤字のうちの一つではない。

文字や漢字への興味という観点から言えば、竹山は、「鬱」という漢字に関心を示している。

「校正のわれら五人に憂鬱の鬱を書き得る例外者なし」（『一脚の椅子』）、「いつの頃か書きえし鬱といふ文字にちよこちよこと似せ通用せしむ」（『遐年』）。

「鬱」という漢字は、二十九画。「ちよこちよこと似せ」とあるのが、笑いを誘う。正しい書き順は、最初に「缶」から書き始めて、その左と右に「木」を書き加え、それから、「ワ冠」以下に移る。竹山が「鬱」という漢字にこだわるのは、彼が精神的に「鬱」という病と戦い続けたからではないか。

竹山には「竹」という漢字一字に、特別な意味を持たせた歌がある。むろん、竹山広という人間のシンボルとしての「竹」を歌っているのだ。

43

死の際《きは》《キワ》のわきて痛ましかりしひとりつひに語りき六十年かけて

【出典】『空の空』。

テレビに出演する

「テレビ収録のため原爆公園に入る」という詞書を持つ連作「声あぐる水」十首の中の八首目。平成十七年（二〇〇五年）六月五日、ＮＨＫ教育テレビ「こころの時代」に、「わがとこしへの川——魂の歌人・竹山広」というタイトルで出演した。『心の花』の歌人で、ＮＨＫに勤めていた奥田亡羊の企画だったと聞く。好本惠アナが、聞き手である。

私は、竹山広の弟子である馬場昭徳の好意で、この番組の録画を見せてもらった。被爆直後、十二、三歳ぐらいの女の子に水を

【追記】

テレビに出演したことを歌う連作「声あぐる水」の巻頭歌は、「観（み）る者のためうつくしき園となりぬ火のにほひ死のにほひなき園」である。

02で、竹山の初期習作を紹介した時には触れられなかったが、竹山は嗅覚が敏感な青年だった。昭和二十年八月九日からの数日、竹山は酸鼻な屍臭を嗅ぎ続けた。その記憶は、一生消えなかっただろう。『とこしへの川』以後には、嗅覚を自制する傾向にあったの

わけてあげたところ、「おじさん、ありがとう」と言われた思い出が語られる。その十分後に戻ってみると、少女は亡くなっていたという。07で紹介した、「死の前の水わが手より飲みしこと飲ましめしことひとつかがやく」という歌の背景である。

六十年も前に耳にした、「おじさん、ありがとう」という少女の声まねを、二度も口にした時、竹山の目は、自分の前ではなく、自分の心の中の記憶の井戸を、深く覗き込んでいるように見えた。その時、私は、竹山の「記憶のリアリティ」は、「記憶の痛ましさ」なのだということに気づいた。竹山は、「本当は、語りたくない」と思っていたことだろう。

しかし、奥田や好本は、よく竹山から言葉を引き出してくれた。竹山もカメラに向かって、よくぞここまで語ってくれた。

そして、竹山はよくぞ『定本　竹山広全歌集』に収録された歌を詠んで、発表してくれた。私たちは、誠実さの塊である竹山短歌から、学ぶ意志さえあれば、多くのことを学ぶことができる。

・爆心碑の前にかたまりし数分に何を学びて去る生徒らか

だが、「火のにほひ死のにほひ」の歌は、戦後六十年経っても死の香りが生きている事実を告白している。

そして、観光地のように、きれいに整備され、凄惨な臭いの消え失せた現在の平和公園には、足を運ばなくなったとも語っている。

それにしても、「こころの時代」の録画は、貴重である。山田誠浩アナの作品朗読は、「語割れ・句またがり」を見事に読みこなしている。

だが、何よりも竹山の自作朗読を聞けるのがありがたい。二首を、合計六回も、朗読してくれているのだ。

竹山の郷里である田平を取材して、天主堂も、両親の墓碑も映している。

竹山は、原爆落下中心地碑の前と、自宅の書斎とで、短歌にできることや、自分が短歌に込めた思いを、淡々と語っている。

公園のそばの川の水面が、小さな粒子のようにきらめいて、歌集『とこしへの川』の表紙写真そっくりだ。

崩れたる石塀の下五指《ゴシ》ひらきゐし少年よ　しやうがないことか

【出典】『眠ってよいか』。

本当に「しやうがない」ことだったのか

満八十八歳で刊行された第九歌集『眠ってよいか』でも、竹山広は怒りを爆発させている。人間の「喜怒哀楽」のうち、最も純粋な感情は「怒り」なのかもしれない。竹山の怒りは、深い哀しみにも通じている。

二〇〇七年七月、ということは戦後六十二年目であるが、初代の防衛大臣となった政治家が、原爆投下は歴史的な観点からは「しょうがない」ことだった、という主旨の講演を行った。アメリカの原爆投下が、日本の軍部や国民の抗戦意欲を減少させ、結

【追記】

第九歌集『眠ってよいか』は、平成二十年十一月三十日、ながらみ書房から刊行された。三百四十七首。装幀、渡辺美知子。

帯文は、横書きである。最初に、「あな欲しと思ふすべてを置きて去る／とき近づけり眠ってよいか」という、タイトルの由来となった歌を引用してある。次いで、「衝撃の第1歌集／『とこしへの川』から27年、／88歳の老境に至った竹山広。／切切と、時には滄

果的に終戦を早めた、という歴史認識である。防衛大臣の選挙区は長崎県なので、原爆の実態には深く通じていたはずである。

世論は一斉に反発して、大臣の辞任に到った。竹山は、政治的な発言を嫌い、ひたすら個人の思いを短歌として紡いできた。その思いが、「しやうがないことか」という第五句となった。竹山は、第五句に「しやうがないことか」を持つ歌を九首、ずらりと並べている。その次には、自らへの怒りの歌が置かれる。

・欲る水をいくたびわれは拒みしか愚かに兄を生かさんとして

あの日、自分の踝《くるぶし》を摑《つか》んでまで、「水をくれ」と懇願した何人もの叫びを、兄に飲ませる水を惜しむあまりに、自分は拒んだ。あの時の「愚か」な自分の行動は、「しやうがないこと」だったのか。ここで、私は気づく。第一歌集『とこしへの川』の絶唱の数々には、第六句の「しやうがないことか」が隠してあり、実質的には「五七五七七七」の仏足石歌《ぶっそくせきか》の字余りだった事実を。

・若き母なほ生きをりてその子ふたり一碗の粥奪ひあらそふ「しやうがないことか」

澹（たんたん）と、／生の実相、形跡を問いつづける。」とある。

表紙カバーは、黒い雲と紫色の雲が混じっているような絵なので、「切切」と「澹澹」のイメージだろうか。「澹澹」は、「淡々」と同じ意味である。

さて、上の鑑賞文で、私は、竹山の原爆短歌には、「しやうがないことか」という八音が、「第六句」として隠されていて、「五七五七七七」の仏足石歌の字余りだと述べた。

別の言い方をすれば、「しやうがないことか」という詞書が、『とこしへの川』の記憶の光景に、共通するものとして付いている、と考えてもよい。

「しやうがないことか」の「か」は、疑問ではなく反語である。「えっ、あれは、しょうがないことだったの。そんなことは、絶対にありえない。しょうがないことでは、なかったのだ」という断固たる反論を、竹山は短歌で展開したのだ。この歌は、まさに「切切」と歌われている。

45

見えてゐるかぎりでいへばこの谷は世に隠れ住む適所のごとし

【出典】『眠ってよいか』。

【追記】

かつて、王朝から中世へという、歴史のターニング・ポイントがあり、その過渡期の時代を、鴨長明は生きた。そして、長明は、自分が体験した五つの大災害を、『方丈記』に書き記した。この作品もまた、長明の「記憶」に基づいて記述されている。

『方丈記』の成立は、一二一二年。五大災厄が起きたのは、一一七七年から一一八五年まで。つまり、四半世紀以上も前の記憶で書かれているのだ。

現代の隠者たりえたか

「この谷」は、竹山の自宅のある場所を指している。43のテレビ番組でも、一瞬、時津町の竹山の自宅を、高いところから映しだした。すぐ横が、時津川。ここは、隠者が世を遁れて住む庵を結ぶのに、最適の地のように思われる、という感慨である。

竹山は五十八歳の時、長女のゆかりが亡くなった年に、ここに家を建てた。この庵は「歌人竹山広」の本拠地であり、歌心《うたごころ》の湧き出る泉だった。ここから、竹山は世界と人間を定点観察した。

世界の中の日本。日本の中の長崎県。長崎県の中の時津町。時津町の谷あいで、家の前には川が流れている。日本各地に、寺院と庭園を建てた夢窓疎石《むそうそせき》が、好みそうな地形である。

　夏目漱石は、「非人情」の世界を求めて、『草枕』を書いた。鴨長明は、源平争乱期に起きた五つの災厄を乗り越え、京都の南、日野山に結んだ方丈の庵での日々を『方丈記』に書き綴った。そして、竹山広は、二十世紀と二十一世紀の変革期に起き続けた天災と人災の数々を、この庵で歌い続けた。

・原爆に遇はざりせばと仮定してこころはしばし遊ばんとせり

（『空の空』）

　もしも、あの時、原爆投下がなかったなら、自分にはどういう人生がありえたのか。自分は、どんな歌人になっただろうか。「こころはしばし遊ばんとせり」は、「遊べなかった」という告白である。安逸な隠者生活は、原爆があってもなくても、竹山にはありえなかった。竹山広という表現者は、彼の人生の晩年の三十年で、急速に読者を獲得した。竹山広は、隠者ではなく、「賢者」となった。この歌の「谷」は、賢者の住む適所なのだろう。


『方丈記』は、ルポルタージュの源流とされることがあり、被害者の数字を具体的に示したり、場所の説明が具体的である。迫真性と具体性は、竹山が『とこしへの川』で確立した「記憶のリアリティ」と双璧を成している。

　五大災厄を乗り越えて、長明は、日野山に小さな庵を結んだ。隠者として、心満ち足りた日々を送りつつ、「これで、よいのか。この平和な暮らしに安住してよいのか」と自問し続けた。

　竹山広は、壮絶な前半生を生きながらえ、時津町の自宅で、晩年を過ごした。短歌三昧の日々だった。

「街音のきこえぬ夜夜をたふとしとして二十年ここに眠りき」（『千日千夜』）。

　この谷間は、世間の喧噪が聞こえぬ理想郷のようでもあった。だが、「これでよいのか」と自問する竹山の耳には、この谷間の家にも、世界の動きが聞こえてくる。

「大地震小地震ある列島の西端の谷深夜微動す」（『射禱』）。

46

死後の世がなければ不公平といふ思ひはなにか仕返しに似る

【出典】『眠ってよいか』。

昇華されたルサンチマン

最近、「ルサンチマン」という言葉を、しばしば耳にする。自分の憎悪する相手に、想像の世界で復讐を果たすのが、ルサンチマンである。24の「原子爆弾一発をだに報いず」もそうだったが、次のような歌もある。

・眠るべき喉《のみど》けもののごとく渇くアメリカ滅べソビエト滅べ
（『葉桜の丘』）

前衛短歌の塚本邦雄は、醜悪な現実世界に対する復讐として、何者も介入できない「美の王国」を樹立して、その世界の王とし

【追記】

竹山広は、記憶力に秀でていた。彼の記憶は、悲哀と、痛苦と、後悔の色に染まっている。中でも、自分を苦しめた者への怒りと恨みの感情、すなわち、ルサンチマンは強いものがある。

「わが傘を持ち去りし者に十倍の罰を空想しつつ濡れてきぬ」（『残響』）。病弱な自分を雨に濡れさせた傘泥棒には、自分が味わった苦しみの十倍の罰を与えなければ釣り合いが取れない、というのだ。

て君臨した。彼なりにルサンチマンを昇華しようとしたのだ。戦時中に軍事徴用されていた軍港都市の呉《くれ》で、空襲から逃げ惑い、広島の原爆雲を遠望したみじめな体験も、歌の中で復讐した。

・炎天ひややかにしづまりつ終の日はかならず紐育《ニューヨーク》にも●爆
(『汨羅變《べきらへん》』)

ルサンチマンが心の中に発生し、増殖する要因は、不遇感にある。なぜ自分だけが、これほどまでに苦しまなければならないのか。その理由がわからない場合に、ルサンチマンは手がつけられないほどに巨大化してゆく。

だから、芸術家は、表現の世界で自分だけを苦しめた不公平な世界に対して、容赦のない厳罰を下し復讐する。

竹山広は、歌人人生の最晩年にして、「これほど生前に苦しんだのだから、来世では天国や極楽に生まれ変わらないことには不公平だ。これほど自分を苦しめたヤツは、さしずめ地獄送りだな」という帳尻合わせの思考は、「仕返しに似る」と客観視している。竹山は、「誰=何」に対して仕返ししてきたのだろうか。

「あのときの一言(ひとこと)は悔しかったぞとはるかに過ぎしひとを恨みつ」(『空の空』)。

はるかな昔に憧れて冷たくされた異性なのか、論争を戦わせた歌人仲間なのか。読者には、知るよしもないが、「あのときの悔しさ」は、ひしひしと伝わってくる。竹山の脳裏には、「はるかに過ぎしひと」の名前と顔が、ありありと浮かんでいたことだろう。

この歌が読者に共感されるには、読者の側にも、ある種の「ルサンチマン」が必要である。読者の心の中に、自分なりの、「あのときの一言は悔しかったぞ」という思いがあって初めて、竹山の歌に共鳴できる。

竹山の怒りの爆発によって、読者は自分のルサンチマンが昇華されたのを感じる。カタルシスが得られるのだ。

竹山は、『とこしへの川』以来、わたしたちに成り替わって怒り、苦しみ、世界を呪詛してくれた。まるで、十字架の上のキリストのように。

47

歌はざりし事にこそ多く真実はありしと思ふひとは知らねど

【出典】『地の世』。

真実と粉飾と嘘

竹山広は、平成二十二年三月三十日に、満九十歳と一ヶ月で逝去した。彼の魂は、「帰天」したのである。同じ年の十二月、最後の第十歌集『地の世』が刊行された。この遺歌集は、妻の妙子と、弟子の馬場昭徳の力で、まとめられた。

さて、この歌は、「永く歌を作ってきて、しみじみ思う。余人には想像できないだろうが、自分の歌わなかったことにこそ、真実があったのだなあ。私だけは知っている」という意味の述懐である。歌に寄せる竹山の最晩年の思いが、吐露されている。

【追記】

第十歌集『地の世』は、竹山没後の平成二十二年十二月二十五日のクリスマスの日付で、角川書店から刊行された。三百四首収録。馬場昭徳が、刊行事情を記した「あとがきにかへて」を書いている。

装幀は、間村俊一。「地の世」という三文字を大きく、左上から右下に向かって配列し、簡素にして瀟洒な表紙カバーである。

帯文には、馬場の「あとがきにかへ

・死後誰が読むかわからぬ日記ぞとこころしてこよひ書かざりしこと
（『空の空』）

歌の真実、世界の真実、自分の真実。この三つは、少しずつ違っている。竹山短歌の生命は、「記憶のリアリティ」にあった。事実と真実、さらにリアリティは、厳密に言えば同じではない。

・あるところ粉飾をして仕上げたる歌にほどよき重量出でつ
（『遐年』）

・おそろしき数をぞおもへものごころつきてよりわが重ねきし嘘
（『空の空』）

「ぞ」の結びは、本来は連体形だが、ここでは已然形になっていて、不自然である。だから、「嘘」がますます嘘らしく聞こえる。短歌は、五七五七七の定型詩である。定型に言葉を盛るためには、心の真実を変型させねばならない。そこで、竹山は、「語割れ」や「字余り」の技法を多用し、定型詩に反撃してきた。事実そのものではないが、記憶のリアリティを確保しているからこそ、竹山短歌は多くの人々の感動と共感を勝ち得たのである。

て」の文章が縦書きで、十三行にわたり、細かな文字で印刷されている。この帯文は、日本語だから、上から下へと読むのだが、視覚的には、下から上へとベクトルが向かっているように見えてくる。

この世に遺された弟子の馬場から、天界に昇った師の竹山へと献げられた「弔辞」のイメージが、この帯文のレイアウトなのだと思う。

さて、竹山はかつて、「映すゆゑ見る戦争の映さざる部分を思ひみることもせず」（『遐年』）と歌った。

映像の「映さざる部分」にこそ、醜悪な戦争の真実が隠されている。「思ひみることもせず」とあるが、竹山は見えなかったふりをしている。映像が見せようと躍起になっているものを見届けることで、映像が見せたくないと隠しているものが見抜けるのだ。

印刷店経営で、目を酷使した竹山の視力は衰えたが、心眼で世界の裏側を見続けた。

48 竹山広八十九歳歌を病み歌に苦しみたりと伝へよ

自らへの墓碑銘

古代ギリシャのスパルタの戦死者墓碑銘には、「行く人よ、／ラケダイモンの国びとに／ゆき伝へてよ／この里に／御身らが言《こと》のまにまに／われら死にきと」（呉茂一訳）と記された。

この「竹山広八十九歳」の歌は、自らの墓碑銘を存命中に書き記した「寿蔵《じゅぞう》」の碑文の趣がある。竹山を苦しめた原爆も、結核も、貧困も、娘の死も、竹山が「原爆歌人」や「抵抗歌人」というレッテルゆえに受けたもろもろの世間からの誤解も、すべては、この「歌」の中に封じ込められた。

【出典】『地の世』。

【追記】

竹山は、自分自身のために歌を詠み続けた。だから、「詠（うた）ひて誰に遺しゆかむといふならずただ一人おのれみづからのため」（『千日千夜』）という歌の内容に、嘘はないだろう。

15の追記で紹介した久々湊盈子のインタビューで、竹山は、歌にかける胸中を吐露している。「私は原爆の歌を作っていますが、それを後世に残さなければという義務感のようなものはないんです。そんなものではなくて、た

47で述べたように、竹山があえて歌わなかったこと、歌えなかったこともある。歌ったことも、歌わなかったことも、全部あわせて「竹山短歌」である。

年譜を見ても明らかなように、竹山広の人生の行動範囲は、決して広くない。田平、長崎、田平、長崎という県内での移動である。印刷店を畳んだ後は、短歌一途だった。夫婦の小旅行、『心の花』の全国大会、それに短歌の受賞式への出席のほかは、長崎をほとんど離れていない。その理由の一つは、飛行機嫌いにあったが、これは、原爆投下のB29を連想してしまうからだろうか。

歌と思索だけが、竹山広の人生だった。大きな短歌の賞を受けることで、彼の人生は報いられたが、覚めた目も持っていた。

・賞を受けし歌ゆゑ優れゐるべしと言ひ捨つるとき言葉奔りき

(『一脚の椅子』)

受賞したという事実ではなく、読者の魂の奥底にまで届く歌を詠んだこと。その読者が何人もいて、感動の輪が途絶えないこと。それが、歌人竹山広に与えられた最高の勲章である。

またま歌人だったし、その場に居合わせたことで胸から突き上げてくるものがあって歌にしてきた。」

本当だろうか。『とこしへの川』に、義務感はなかったのだろうか。自分の目の前で、体がふくれあがり、人間ではないような「あるもの」にさせられて死んでいった義兄。彼は死んだのではなく、殺されたのだ。それを歌うことは、世間的な意味での義務感ではない。そうではなく、自分自身に対する義務感の表明だったのだろう。それが竹山の「誠実さ」だったと思う。

「胸から突き上げてくる」のは、容易には言葉になりそうにない、根源的な感情である。それをどういう一語で捕捉し、どのように切り刻んで推敲し、定型の枠に収めるか。加えて、定型をひずませることも、必要だった。

「六十年文語定型にかしづきし男のまへの梢(うれ)おもき竹」(『空の空』)。この「竹」は、歌人「竹山広」の人生すべての比喩だと考えたい。

49

作り上げをりたる三首手を加ふ馬場昭徳の歌に似るなよ

この師にして、この弟子あり

どんなに優れた文学者であっても、自分一人の力では、後世に残ることはできない。文学者の残した作品が文学史に残るためには、才能と努力と幸運、そして「顕彰者」が必要である。中島敦の小説『山月記』の李徴に、親友の「袁傪《えんさん》」がいたように。

その点、竹山は恵まれていた。『心の花』の主宰である佐佐木幸綱、慧眼の出版人である晋樹隆彦、九州の歌友にしてライバルである石田比呂志・築地正子・伊藤一彦、そして弟子の馬場昭徳たちがいて、積極的に「歌人竹山広」を顕彰してくれた。

【出典】『地の世』。

【追記】

私が馬場昭徳と初めて会ったのは、平成二十二年十一月十四日、長崎ブリックホールで、「『源氏物語』、そして長崎」という講演をした際だった。

長崎県佐世保市で生まれ育った人間として、自分がなぜ『源氏物語』という千年も前の虚構の文学を研究するのか、ということを話した。

講演後に、長崎県文芸協会の田中正明会長や、事務局の馬場昭徳たちと懇談していて、私の心の中で唐突に、「長

馬場は、『場』という文芸誌の発行人を務め、創刊第一号から第二十七号まで、「『竹山広・論』ノート」を連載した。貴重な分析である。『竹山広全歌集』と『定本　竹山広全歌集』の編集と刊行に尽力。『短歌往来』二〇〇八年八月号の竹山特集号に、「年譜」と「点描」から成る「竹山広　『とこしへの川』から『空の空』まで」を執筆。これらが、竹山広研究の原点である。

・痩せつぽの米屋なる馬場昭徳は歌人の場合わが弟子である

　馬場には、『河口まで』『風の手力』などの優れた歌集があり、竹山の短歌精神を継承しつつも、個性を打ち出している。「痩せつぽ」の馬場の短歌は、力強く、切れ味がめっぽう鋭い。

「作り上げをりたる三首手を加ふ」は、連体形「加ふる」ではなく終止形なので、竹山が推敲しているのだが、「馬場昭徳の歌に似るなよ」という下句まで読むと、竹山の推敲した短歌を、さらに清書して活字にしようとしている馬場に向かって、竹山が、「俺の歌を勝手にいじるなよ」と言っているようにも読め、笑いを誘われる。そこまで竹山から信頼されていた弟子であった。

崎県生まれの私は、長崎県に恩返しをしたい」という願望が湧いた。この年の三月に、竹山は逝去していた。

　馬場は、私の希望を快く受け入れてくれた。そして、彼の渾身の竹山広論が連載中の『場』のバックナンバーを送ってくれたのみならず、私が『場』に竹山論を連載する機会も与えてくれた。この雑誌の題字は、竹山の墨書である。まことに端麗な文字だ。

　馬場は、『竹山広全歌集』も、その後の単行本歌集も、そしてＮＨＫ教育テレビの録画も、惜しげもなく提供してくれた。私が本書を書きえたのも、ひとえに馬場昭徳のお陰である。

　私は、竹山広の生前に、彼の謦咳（けいがい）に接する機会を、遂に得なかった。同時代を同郷人として生きながら、竹山を「見ぬ世の友」ならぬ「見ぬ世の師」とするしかなかった。

　けれども、短歌を愛する国文学者として、竹山広を日本文学史に正当に位置づけたいと思って、本書を書いた。

50　揉みはじめたる足首をふいに摑む妻よこのまま天にゆかうか

【出典】『眠ってよいか』。

【追記】

戦後、永く結核を病んだ竹山に替わり、過酷な肉体労働である養鶏の仕事は、妻が切り盛りした。

「さし向くる窓の灯（あかり）にきびきびと鶏糞を取り入るる妻が見ゆ」（『とこしへの川』）。

これは、一時退院した竹山の目に映った、働く妻の姿である。心情表現を省いてあるので、かえって感謝の気持ちが強く伝わってくる。

長崎で印刷店を始めてからは、妻が

妻と聖母の距離

竹山広は、どこまでも自分の心を見つめ、自分を大切にした。信頼する人にすら、自分の心の中を覗き込ませなかった。誠実な人物だったが、自分の世界に他人が土足で踏み入ってくるのを許さない潔癖性があった。ただし、妻の妙子は別だった。

竹山は被爆した浦上第一病院に入院中、親類を見舞いに来ていた妙子と出会ったという。竹山と妙子は、昭和二十三年に結婚。昭和三十年に喀血した竹山を、献身的に看護してくれた。『とこしへの川』は、原爆詠の後は闘病詠となるが、そこに、「妻」が初めて登場する。死を覚悟した絶唱「ルルドの水」より。

・ものかげにひそみて燠《おき》を吹くごとききくるしき愛をわれら遂げきつ　（『とこしへの川』）

「遂げきつ」とあるのは、「遂げてきたのに、こうやって私が一人先に死んでしまうとは」という嘆きなのだろう。二人が結ばれた時にも、その後の生活でも、苦しみを二人で分かち合ってきたというのに。竹山の、せっぱ詰まった思いが、伝わってくる。

妙子は、夫の『とこしへの川』が刊行される前後から、自らも短歌を詠み始め、短歌誌『やまなみ』に作品を発表している。49で紹介した馬場昭徳の「『竹山広・論』ノート」には、妙子の短歌作品も集成され、鑑賞されている。

最晩年の竹山広は、妻に足を揉まれつつ、「妻よ、このまま天にゆかうか」と歌った。それへの反歌かとも思われる作品が、妙子にある。永く連れ添った歌人夫婦の絶妙の付合《つけあい》である。

・歩みつくして死ぬといふこともはや無けむある夜の夫の足を摑みぬ

活字を拾い、竹山が製版するという共同作業だった。そして、二人はいつしか「夫婦歌人」となった。

ずっと元気だった妻が、救急車で搬送され、入院するという事態もあった。「救急病院観察室に妻をおきて五月七日の昏(く)れなづむ雲」(『千日千夜』)。「救急病院／観察室に／妻をおきて／五月七日の／昏れなづむ雲」という「八七六七七」の音律。上句の切迫感と、下句の虚脱感が対照的である。

『古今和歌集』の、「君をおきてあだし心を我（わ）が持たば末の松山波も越えなむ」を踏まえている。古歌の「君をおきて」の「おきて」は、差しおいての意味だが、竹山の「妻をおきて」は、文字通り、妻を一人で病室に残し置いて、の意味である。

六十三歳の妻を詠んだ、竹山の歌がある。「雲わたる月を夜ふけて仰ぎゐる妻よもろともに天の生（よ）を得む」（『一脚の椅子』）。

歌人略伝

竹山広は、隠れ切支丹の血を引く、信念の歌人だった。本土最西端の地である長崎県の田平（平戸口）で生まれた。数々の受難に耐え、悲しみと祈りと後悔と憤怒を、短歌の表現に昇華させた。戦前から短歌を作っていたが、昭和二〇年八月九日の原子爆弾投下を、爆心地からわずか一四〇〇メートルしか離れていない長崎市内で体験。義兄の被爆死を看取《みと》った。この衝撃で、作歌を中断。再発した結核で長期入院し、死を覚悟したが、生還。戦後十年を経て、少しずつ原爆体験を歌い始めた。同じ大正九年生まれの塚本邦雄が、戦後まもなく「前衛歌人」としてジャーナリズムの寵児となったのと対照的に、長崎で人知れず、孤独な作歌活動を続けた。第一歌集『とこしへの川』の刊行は、昭和五六年、被爆から三六年目だった。竹山は、養鶏や印刷で生計を支えながら、戦後世界を生きる意味を思索する短歌を詠み続けた。『とこしへの川』は、前衛短歌と同じ「語割《ごわ》れ・句またがり」の技法を駆使し、核兵器によって維持されている戦後世界の平和の欺瞞を暴き出した。ひたすら「世界の中の自分」の意味を思索した竹山の短歌は、娘の自死などの衝撃を乗り越えることで、さらに鍛えられた。第六歌集までを収めた『竹山広全歌集』に対して、平成一四年には歌壇の主要な賞が三つも贈られた。中央歌壇が無視できないほどに、長崎の竹山広の存在は大きくなっていた。平成二二年、九十歳で没した。竹山の洗礼名は、パウロ。彼の遺した十冊の歌集は、キリスト教の「地の塩、世の光」という教えを実践したと言えるだろう。妻の妙子も、歌人。

年譜

年号	西暦	満年齢	竹山広の事蹟	歴史事蹟
大正　九年	一九二〇	0	長崎県の南田平村で誕生。	国際連盟発足
昭和　七年	一九三二	12	長崎公教神学校に入学。四年で中途退学。	五・一五事件
昭和一四年	一九三九	19	私立海星中学を卒業。	第二次世界大戦勃発
昭和一六年	一九四一	21	『心の花』に入る。肺結核を病む。	太平洋戦争勃発
昭和一七年	一九四二	22	『鶯』に移るが、二年後に結社を離れる。	日本文学報国会結成
昭和二〇年	一九四五	25	結核で入院中に、至近距離で被爆。義兄の被爆死を看取る。郷里の田平に戻り、三年後、結婚。	長崎に原爆投下 敗戦
昭和三〇年	一九五五	35	結核で死に直面したが、乗り切る。『短歌風光』に参加。	『広辞苑』初版 長崎平和祈念像除幕
昭和三三年	一九五八	38	『短歌風光』終刊号に、原爆短歌をまとめて発表。『心の花』に戻る。	東京タワー完成

昭和三四年	一九五九	39	養鶏事業を本格化。	伊勢湾台風
昭和三九年	一九六四	44	田平を離れ、長崎市内で印刷店を経営。	東京オリンピック
昭和五三年	一九七八	58	長女ゆかりが自死。	日中平和友好条約
昭和五四年	一九七九	59	佐佐木幸綱と初めて対面。	イラン革命
昭和五六年	一九八一	61	八月九日、第一歌集『とこしへの川』。	常用漢字表
昭和六一年	一九八六	66	印刷店をたたむ。第二歌集『葉桜の丘』。	チェルノブイリ原発事故
平成　二年	一九九〇	70	第三歌集『残響』。	バブル景気の最後
平成　七年	一九九五	75	第四歌集『一脚の椅子』。	終戦・被爆五〇年
平成　八年	一九九六	76	ながらみ現代短歌賞を受賞。	ペルー大使館占拠事件
平成一一年	一九九九	79	第五歌集『千日千夜』。	ミレニアム・カウントダウン
平成一三年	二〇〇一	81	第六歌集『射禱』を含む『竹山広全歌集』。	アメリカ同時多発テロ

平成一四年	二〇〇二	82	主要な短歌の賞、三つを受賞。	北朝鮮拉致被害者五名帰国
平成一六年	二〇〇四	84	第七歌集『遐年』。	佐世保小六女児同級生殺害事件
平成一七年	二〇〇五	85	NHK教育テレビ「こころの時代」に出演。	塚本邦雄死去
平成一九年	二〇〇七	87	第八歌集『空の空』。	長崎市長射殺事件
平成二〇年	二〇〇八	88	第九歌集『眠つてよいか』。	リーマン・ショック
平成二一年	二〇〇九	89	現代短歌大賞を受賞。	新型インフルエンザ流行
平成二二年	二〇一〇	90	パウロ竹山広、帰天。第十歌集『地の世』。	「はやぶさ」帰還
平成二六年	二〇一四		八月九日、『定本　竹山広全歌集』。	佐世保女子高生殺害事件

解説　「八月九日の長崎に居合わせた歌人　竹山広」——島内景二

栗原潔子という歌人を通して

昭和二十年八月九日午前十一時二分、二十五歳の竹山広は長崎にいた。このことが、彼を生涯にわたって苦しめ、その苦しみに立ち向かうことで、彼は歌人になった。竹山は、それ以前から短歌を作っていた。けれども、原爆投下の惨劇を歌に詠もうとすると、夢にうなされるようになり、十年近く、作歌を中断した。その後、再び歌を作るようになった時に、竹山広は「竹山短歌との邂逅」を果たしたと言える。

昭和三十年五月、竹山は戦前からつながりのあった栗原潔子が興した『短歌風光』という雑誌に、歌を発表し始めた。竹山は、第一歌集『とこしへの川』（昭和五十六年）の「あとがき」で、既に世を去っていた栗原への感謝の気持ちを述べている。

栗原潔子（一八九八〜一九六五）は、佐佐木信綱の『心の花』から出発した女性歌人である。鳥取出身で、跡見女学校で学んだ。村岡花子や片山廣子などの才媛が集った女性雑誌『火の鳥』を舞台に、栗原も活躍した。

竹山を励まし、導いた栗原潔子は、どういう短歌を詠んでいるのだろうか。昭和十六年に佐佐木信綱の序文を付して刊行された彼女の歌集『寂寥の眼』を読むと、『心の花』の女性歌人と聞いて多くの人が連想するであろう「上流階級の奥様」のイメージとは、一線を画する激しさが感じられる。

阿鼻叫喚この群集のひしめきて逃げまどふさまを慄然として想ふ

のしかゝりのしかゝり来るものに遂に負けしわが明暮のいつ迄《まで》ならむ

栗原潔子は、この歌集の「後記」で、「これらの歌は、一人の何の背景も才能もない女が、若く夢多き心に建てた生活の設計を生き抜かうとして、嶮しい現実の道を喘ぎ喘ぎ歩いて来た二十年の生活のすがたである。もつと力強い、人を撃つほどの作品が生るべきであつたらうのに、私にはその力が無かつた」と、述べている。

私は思う。竹山広の歌人としての歩みは、栗原と同じく、「一人の何の背景もない男が、嶮しい現実の道を喘ぎ喘ぎ歩いて来た」ものであったが、栗原が願って叶えられなかった「もつと力強い、人を撃つほどの作品」を幸運にも生み出すことができた。竹山は、栗原の無念を乗り越えた。彼には、「その力」があった。あるいは、運命が彼に「その力」を与えたとも言える。

ただし、そのために、竹山は、昭和二十年八月九日午前十一時二分の長崎に、しかも爆心地から一四〇〇メートルしか離れていない場所に、居合わせなければならなかった。大いなる悲劇の体験が、竹山に「歌の力」を与えた。その代償の大きさを、思う。

『鶯』に発表した佐藤佐太郎論

『心の花』は、佐佐木信綱が興した。信綱は文豪の森鷗外とも親しく、鷗外の重要な文章も、しばしば『心の花』に載っている。信綱の父は、国学者の弘綱。信綱の子も、国文学者の治綱である。治綱の子が、現在の『心の花』主宰である幸綱である。

幸綱の父である佐佐木治綱（一九〇九〜五九）は、中世の『玉葉和歌集』と『風雅和歌集』の叙景歌を研究した。『永福門院』（昭和十八年）という著書がある。青年時代の三島由紀夫は、この書物を熟読して、永福門院という女性の精神世界に怖れを抱き、ライフワーク「豊饒の海」四部作のキー・パーソンである月修寺門跡のモデルの一人とした。この治綱が興した『鶯』に、栗原潔子も竹山広も属していたのである。

『鶯』に、竹山は、いくつかの評論を書いている。昭和十七年十一月号には、「『軽風』読後小感」という文章を載せている。まだ二十二歳だった竹山は、『アララギ』に属する佐藤佐太郎の青春歌集『軽風』を、憧れとライバル意識を秘めて批評している。佐太郎の歌に「現実に根を下した高い抒情の美しさ」を感じ取り、「二十歳そこそこの若さでよくこれまでに感動を整理し豪《ママ》も浮いた態度の見えないものだと驚嘆させられる」とまで評価している。竹山は、昭和十九年の『鶯』廃刊と共に、歌壇を離れた。

文学の世界に、「たら」や「れば」はありえないけれども、もしも昭和二十年八月九日の長崎に竹山が居合わせなかったならば、彼はどういう歌人になっていただろうかと、私は思わずにいられない。人間の本質は、変わらない。だから、竹山は自然と人生を観照し、現実と日常の中に「真実」や「美」を見出そうとする短歌を、戦後も詠み続けたことだろう。ただし、それで、竹山広でなければ詠み得ない「竹山短歌」を発見できたかどうか。

どんなに観照しようとしても、とうてい観照できない現実というものを、竹山は知ってしまった。当時の長崎市の人口二十四万人のうち、七万三千人あまりが、原爆のために命を失った。これは、昭和二十年の年末の時点での統計である。その後の死者も、膨大なものがあった。「観照」とは、主観を交えずに、冷静に現実を観察して、その真実を感じ取ることである。自然や日常ならば、いくらでも観照できるだろう。だが、非日常の「原子爆弾」のどこを、どのように観照すれば、世界の真相が見えてくるというのだろうか。

　写生では掴み取れない真実が、この世にはある。ここにおいて、竹山広は、『アララギ』の現実直視に心惹かれながらも、それとは別の道を歩き出すことになった。

『心の花』の系譜と、異色歌人

　竹山は、『短歌風光』の終刊後は『心の花』に戻り、没するまで『心の花』に所属した。彼が「原爆」の歌を詠んで発表する場は、『心の花』となった。『心の花』という結社には、自由な気風があり、それが時として異色の歌人を生み出す。その筆頭が、前川佐美雄《さみお》（一九〇三〜九〇）だろう。超現実主義的な「モダニズム短歌」の旗手だった前川が興した『日本歌人』からは、戦後、前衛短歌の寵児となった塚本邦雄も出た。

　竹山広の詠風は、『心の花』の正統ではない。だが、『心の花』には、それを許容するだけでなく、評価する土壌があった。竹山の歌には、「底意《そこい》」がある。もっとはっきり言えば、「悪意」であり、「意地悪さ」である。なぜならば、昭和二十年八月九日のあの日、途方もない、その無限大に湧き上がり、立ち上った「世界悪」の実態を、竹山は目で見て心に焼き付け、その存在を取り込んでしまったからだ。

　竹山は、原子爆弾を歌う際に、塚本邦雄の前衛短歌が「語割れ・句またがり」と呼んでいる手法を用いた。また、これも塚本邦雄が愛用した「七七五七七」の形式を、竹山は多用した。『とこしへの川』から具体例を挙げれば、「救護班より貰ひし握り飯ふたつ硝子の破片嚙み分けて食ふ」という歌がある。

「救護班より／貰ひし握り／飯ふたつ／硝子の破片／嚙み分けて食ふ」。「七七五七七」の音律であると同時に、「握り飯」の部分で「語割れ・句またがり」を起こしており、この時に食べた「握り飯」にガラスのかけらが交じり、とても「握り飯」と言えたものではなかった、でも空腹だったのでむしゃぶりついて食べた、という口元と心の痛みが、屈曲し湾曲した「七七五七七」の「語割れ・句またがり」で写し取られている。

『とこしへの川』は、昭和五十六年の刊行であり、その頃、前衛短歌運動は大きな曲がり角を迎え、活動は終熄に向かいつつあった。そこから、竹山短歌がスタートした。ならば、竹山短歌と前衛短歌とは、どういう関係があるのだろうか。驚くなかれ、ほとんど無関係なのである。

竹山が戦前に詠んだ初期の習作は、佐藤通雅が集成してくれている（『路上』九十二号、二〇〇二年五月）。それによれば、竹山は既に戦前から、「七七五七七」や「語割れ・句またがり」の歌を詠んでいるのだ。

「軍艦マーチに心いきほひゐたりしが日の暮の腹すこやかに空く」が、「七七五七七」の音律の例であり（正確には、初句八音の字余り）、「ビルマ派遣軍に二人の友ありてこもごも伝ふ恃《たの》みて待てと」が、「語割れ・句またがり」の例である。「ビルマ派遣／軍」が、語割れ現象を起こしている。

塚本邦雄の戦前期の習作には、「七七五七七」や「語割れ・句またがり」は、ほとんど見られない。歌集が刊行された時点では、『とこしへの川』は塚本邦雄よりはるかに遅れているが、短歌創作のスタイルとしては、竹山広の方が時間的には塚本より先行していたとも言える。

竹山広は、自分の信念と自分の方法に従って、短歌を作った。結果的に、塚本邦雄の前衛短歌と似た、というのが真実だったのである。まことに、竹山は異色の歌人だった。そして、未曾有の体験をした。ただし、この二つが化学反応を起こして錬成し、『とこしへの川』となって流れ始めるまで、三十六年の歳月が必要だったのである。

生きることの恐怖と、歌うことの恐怖

竹山広は、長崎医専に赴任していたことのある斎藤茂吉や、茂吉の弟子である佐藤佐太郎を、自らの短歌理念の目標としていた。ところが、彼の文体は、不思議なことに前衛短歌の塚本邦雄との親近性があった。塚本邦雄と、『心の花』の現在の主宰である佐佐木幸綱とが、深い信頼関係にあったことは、よく知られている。

竹山広は、アララギでも前衛でもない、自分だけの短歌を作り続けた。その場所を提供したのが、『心の花』だったのである。竹山の人生には、「近代短歌」の進化の歴史が、凝縮されていた。

彼は、短歌という文学形式と戦いつつ、究極のところは、「死の恐怖」と戦っていたのだと思う。いや、原爆の投下直後に、多くの人の死を見続けた竹山は、「生きることの恐怖」と戦っていたのではないだろうか。

日夜死を恐れし遠藤周作の日記を読めばちから出づるかな（『遐年』）

遠藤と竹山の洗礼名は、どちらも「パウロ」。『沈黙』の舞台は、隠れ切支丹だった竹山の父祖の地の近くである。遠藤が「死」を恐れていたのは、「生」を恐れていたからでもある。竹山は、遠藤が死の恐怖と戦いつつ、『沈黙』を書いた事実を知り、力が湧いてきたという。原爆が投下された直後の長崎で、自分の目の前で悶絶している多くの瀕死の人たちの命を助けられなかった竹山は、死んでいった彼らの目を恐れ続けながら、戦後社会を生きた。

生きることの恐怖は、死を歌うことの恐怖でもあった。『とこしへの川』の刊行に至るまでの三十六年の苦しみは、苦しむことや恐れることの感覚が麻痺しつつある現代人の心を揺さぶり、心を撃つ。竹山短歌の読者の心の中でも、何かが覚醒してくる。私たちは、悪意に満ちた世界の不条理に対して、怒りをぶつけることも、なくなりつつある。現代人の心は、錆び付いていていないか。喜怒哀楽の感情の爆発を、封印していないか。そんなに簡単に、自分が人間である事実を諦めてしまってよいのか。

竹山広の歌は、読者の一人一人が居合わせてしまった「今、ここ」の意味を、とことん考え抜くように、と迫ってくる。阪神・淡路大震災や東日本大震災などの地震、雲仙普賢岳などの噴火、湾岸戦争、テロ、凶悪な殺人事件。現代人も、世界が牙を剝いて人間に襲いかかる「現場」に、居合わせているのだ。その事実を、自分自身の魂の問題として、どう認識して、どう表現すればよいのか。今こそ、竹山短歌から私たちが学びうるものは多い。

竹山は、愛弟子である馬場昭徳の第一歌集『河口まで』（平成十一年）のために、長文の「跋」を寄せた。竹山は、馬場の歌の中から、次の一首を挙げて、「自己存在の根源に戦争や原爆を見ている最初の歌は、さりげなく歌われてはいるが、内包するものの大きさから見逃すことのできない作品といえよう」と論評している。この跋文を書きながら、竹山広は自分と短歌とが出会った昭和二十年八月九日午前十一時二分を思い出していたのではないだろうか。

戦争も原爆ももしなかりせばこの世にわれは生れざりけむ　（『河口まで』）

読書案内

本書は、竹山広一人を論じた最初の単行本である。その点に、本書の最大の刊行意義があると考える。竹山広の短歌作品から一首、ないし数首を紹介した短歌アンソロジーは何冊もあるが、竹山広の「歌集」がまとまって読める本で、多くの図書館に所蔵されているものとしては、次の一冊がある。竹山広について最初に読むには、最高の入門書となるだろう。

①『現代短歌全集・第十七巻・昭和五十五年〜六十三年』（筑摩書房、二〇〇二年）

竹山の第一歌集であり、代表作でもある『とこしへの川』（昭和五十六年）が完全収録されている。長崎での原子爆弾を被爆した衝撃の体験が、戦後三十六年目に刊行されたことの重さと、それを文学として歌うことの意味を、この歌集を通読することで感じ取ってほしい。必ずや、竹山広の人物像と、彼の短歌に関心を持つようになるだろう。そうなると、全歌集である。竹山広の歌集全十冊を網羅した次の一冊も、図書館に所蔵されていることが多い。

②『定本　竹山広全歌集』（ながらみ書房、二〇一四年）

「竹山広略年譜」と、全短歌作品の「初句索引」が付いていて、便利である。「栞」には、佐佐木幸綱・三枝昂之・馬場昭徳・久保美洋子のエッセイが載っている。

また、図書館に配備されている確率としては、次の一冊が、②よりも高いかもしれない。

③『竹山広全歌集』（雁書館・ながらみ書房、二〇〇一年）

竹山の第六歌集までを収録し、歌壇の主要な三つの賞に輝いた作品集である。「竹山広関係資料一覧」として、竹山を論じた評論が網羅されているのも、もっと詳しく竹山について知りたい人には有益である。「琹」には、多くの歌人がエッセイを載せているし、②の「琹」とは違う貴重な写真が豊富に載っていて、竹山への親近感が湧いてくる。

④結城文『とこしへの川　百首抄　竹山広歌集』（ながらみ書房、二〇〇八年）

この本は、竹山の『とこしへの川』から百首を選び、英語に訳したものである。

このあとは、竹山広を特集した短歌雑誌のバックナンバーや、彼を論じた評論を、図書館で閲覧することになる。中でも、次の一冊は編集が優れていて、私は、②と③の二種類の『竹山広全歌集』の間に挟むようにして書棚に並べ、何度も手に取って読んでいる。

⑤『短歌往来』二〇〇八年［平成元年］八月号（ながらみ書房）

「竹山広　昭和20・8・9以降」という特集が組まれている。十人の歌人へのアンケート、三枝昂之と森本平の評論、佐藤通雅による竹山の秀歌五十首選などがあるが、馬場昭徳の長編エッセイ「竹山広の軌跡・年譜　『とこしへの川』から『空の空』まで」が、読み応えがある。上段が「竹山広年譜」、下段が「竹山広点描」という二段組みになっている。竹山に師事し、永く謦咳に接し続けてきた馬場ならではの血の通った作品論である。

評論と出版の両面で竹山広の顕彰に貢献した晋樹隆彦（及川隆彦）は、竹山と原民喜を、一つの視座から論じている。そこで、広島の原爆体験に基づいた、次の小説も合わせ読むことを薦める。散文と詩歌、広島と長崎の違いを超えた文学の達成が理解できるだろう。

⑥原民喜『夏の花』（新潮文庫、岩波文庫、講談社文芸文庫などに収録）

【著者プロフィール】

島内景二（しまうち・けいじ）

＊1955 年長崎県生。
＊東京大学文学部卒業、東京大学大学院修了。博士（文学）。
＊現在　電気通信大学教授。
＊主要著書
『塚本邦雄』（笠間書院）
『源氏物語の影響史』（笠間書院）
『柳沢吉保と江戸の夢』（笠間書院）
『心訳「鳥の空音」』（笠間書院）
『響き合う、うたと人形』（笠間書院、共著）
『楽しみながら学ぶ作歌文法・上下』（短歌研究社）
『大和魂の精神史』（ウェッジ）
『三島由紀夫　豊饒の海へ注ぐ』（ミネルヴァ書房）
『北村季吟』（ミネルヴァ書房）
『文豪の古典力』（文春新書）
『光源氏の人間関係』（ウェッジ文庫）
『源氏物語ものがたり』（新潮新書）
『教科書の文学を読みなおす』（ちくまプリマー新書）
『短歌の話型学　新たなる読みを求めて』（書肆季節社）
『源氏物語に学ぶ十三の知恵』（NHK 出版）

竹《たけ》山《やま》広《ひろし》　　コレクション日本歌人選 074

2018 年 11 月 09 日　初版第 1 刷発行

著　者　島内景二
著作権継承者　竹山　仰
装　幀　芦澤泰偉

発行者　池田圭子
発行所　笠間書院
〒101-0064　東京都千代田区神田猿楽町2-2-3
電話03-3295-1331 FAX03-3294-0996

NDC 分類911.08

ISBN978-4-305-70914-1

コレクション日本歌人選　第Ⅰ期〜第Ⅲ期　全60冊！

第Ⅰ期　20冊　2011年（平23）2月配本開始

1 柿本人麻呂　かきのもとのひとまろ　高松寿夫
2 山上憶良　やまのうえのおくら　辰巳正明
3 小野小町　おののこまち　大塚英子
4 在原業平　ありわらのなりひら　中野方子
5 紀貫之　きのつらゆき　田中登
6 和泉式部　いずみしきぶ　高木和子
7 清少納言　せいしょうなごん　坪美奈子
8 源氏物語の和歌　げんじものがたりのわか　高野晴代
9 相模　さがみ　武田早苗
10 式子内親王　しょくしないしんのう（しきしないしんのう）　平井啓子
11 藤原定家　ふじわらのていか（さだいえ）　村尾誠一
12 伏見院　ふしみいん　阿尾あすか
13 兼好法師　けんこうほうし　丸山陽子
14 戦国武将の歌　せんごくぶしょうのうた　綿抜豊昭
15 良寛　りょうかん　佐々木隆
16 香川景樹　かがわかげき　岡本聡
17 北原白秋　きたはらはくしゅう　國生雅子
18 斎藤茂吉　さいとうもきち　小倉真理子
19 塚本邦雄　つかもとくにお　島内景二
20 辞世の歌　じせいのうた　松村雄二

第Ⅱ期　20冊　2011年（平23）10月配本開始

21 額田王と初期万葉歌人　ぬかたのおおきみとしょきまんようかじん　梶川信行
22 東歌・防人歌　あずまうたさきもりうた　近藤信義
23 伊勢　いせ　中島輝賢
24 忠岑と躬恒　みぶのただみねとおおしこうちのみつね　青木太朗
25 今様　いまよう　植木朝子
26 飛鳥井雅経と藤原秀能　あすかいまさつねとふじわらのひでよし　稲葉美樹
27 藤原良経　ふじわらのよしつね　小山順子
28 後鳥羽院　ごとばいん　吉野朋美
29 二条為氏と為世　にじょうためうじとためよ　日比野浩信
30 永福門院　えいふくもんいん（ようふくもんいん）　小林守
31 頓阿　とんな（とんあ）　小林大輔
32 松永貞徳と烏丸光広　まつながていとくとからすまるみつひろ　高梨素子
33 細川幽斎　ほそかわゆうさい　加藤弓枝
34 芭蕉　ばしょう　伊藤善隆
35 石川啄木　いしかわたくぼく　河野有時
36 正岡子規　まさおかしき　矢羽勝幸
37 漱石の俳句・漢詩　そうせきのはいく・かんし　神山睦美
38 若山牧水　わかやまぼくすい　見尾久美恵
39 与謝野晶子　よさのあきこ　入江春行
40 寺山修司　てらやましゅうじ　葉名尻竜一

第Ⅲ期　20冊　2012年（平24）6月配本開始

41 大伴旅人　おおとものたびと　中嶋真也
42 大伴家持　おおとものやかもち　小野寛
43 菅原道真　すがわらみちざね　佐藤信一
44 紫式部　むらさきしきぶ　植田恭代
45 能因　のういん　高重久美
46 源俊頼　みなもとのとしより（しゅんらい）　高野瀬恵子
47 源平の武将歌人　げんぺいのぶしょうかじん　上宇都ゆりさ
48 西行　さいぎょう　橋本美香
49 鴨長明と寂蓮　かものちょうめいとじゃくれん　小林一彦
50 俊成卿女と宮内卿　しゅんぜいきょうのむすめとくないきょう　近藤香
51 源実朝　みなもとのさねとも　三木麻子
52 藤原為家　ふじわらのためいえ　佐藤恒雄
53 京極為兼　きょうごくためかね　石澤一志
54 正徹と心敬　しょうてつとしんけい　伊藤伸江
55 三条西実隆　さんじょうにしさねたか　豊田恵子
56 おもろさうし　おもろさうし　島村幸一
57 木下長嘯子　きのしたちょうしょうし　大内瑞恵
58 本居宣長　もとおりのりなが　山下久夫
59 僧侶の歌　そうりょのうた　小池一行
60 アイヌ神謡ユーカラ　あいぬしんようゆーから　篠原昌彦

推薦する――「コレクション日本歌人選」

篠　弘

●伝統詩から学ぶ

啄木の『一握の砂』、牧水の『別離』、さらに白秋の『桐の花』、茂吉の『赤光』が出てから、百年を迎えようとしている。こうした近代の短歌は、人間を詠みうる詩形として復活してきた。しかし、実生活や実人生を詠むばかりではなかった。その基調に、己が風土を見つめ、豊穣な自然を描出するという、万葉以来の美意識が深く作用していたことを忘れてはならない。季節感に富んだ風物と心情との一体化が如実に試みられていた。

この企画の出発によって、若い詩歌人たちが、秀歌の魅力を知る絶好の機会となるであろう。また和歌の研究者も、その深処を解明するために実作を始められてほしい。そうした果敢なる挑戦をうながすものとなるにちがいない。多くの秀歌に遭遇しうる至福の企画である。

松岡正剛

●日本精神史の正体

和泉式部がひそんで塚本邦雄がさんざめく。道真がタテに歌って啄木がヨコに詠む。西行法師が往時を彷徨して寺山修司が現在を走る。実に痛快で切実な組み立てだ。こういう詩歌人のコレクションはなかった。待ちどおしい。

和歌・短歌というものは日本人の背骨であって、日本語の源泉である。日本の文学史そのものであって、日本精神史の正体なのである。そのへんのことはこのコレクションのすぐれた解説を読まれるといい。

その一方で、和歌や短歌には今日のメールやツイッターに通じる軽みや速さや愉快がある。たちまち手に取れるし、目に綾をつくってくれる。漢字・旧仮名・ルビを含めて、このショートメッセージの大群からそういう表情をぞんぶんにも楽しまれたい。

コレクション日本歌人選　第Ⅳ期

第Ⅳ期　20冊　2018年（平30）11月配本開始

61	高橋虫麻呂と山部赤人	たかはしのむしまろ とやまべのあかひと	多田一臣
62	笠女郎	かさのいらつめ	遠藤宏
63	藤原俊成	ふじわらしゅんぜい	渡邉裕美子
64	室町小歌	むろまちこうた	小野恭靖
65	蕪村	ぶそん	揖斐高
66	樋口一葉	ひぐちいちよう	島内裕子
67	森鷗外	もりおうがい	今野寿美
68	会津八一	あいづやいち	村尾誠一
69	佐佐木信綱	ささきのぶつな	佐佐木頼綱
70	葛原妙子	くずはらたえこ	川野里子
71	佐藤佐太郎	さとうさたろう	大辻隆弘
72	前川佐美雄	まえかわさみお	楠見朋彦
73	春日井建	かすがいけん	水原紫苑
74	竹山広	たけやまひろし	島内景二
75	河野裕子	かわのゆうこ	永田淳
76	おみくじの歌	おみくじのうた	平野多恵
77	天皇・親王の歌	てんのう・しんのうのうた	盛田帝子
78	戦争の歌	せんそうのうた	松村正直
79	プロレタリア短歌	ぷろれたりあたんか	松澤俊二
80	酒の歌	さけのうた	松村雄二